異世界に
転移したら山の中だった。
反動で強さよりも快適さを選びました。
11

ジーン
姉の勇者召喚に巻き込まれ、異世界に転移した大学生。物を作るのが大好きで、手を抜かない性格。人に束縛されるのは嫌だが、世話好きな一面もある。
ハウロン
ジーンが普通を知るために、ノートに紹介してもらった伝説の魔法使い。リンリン老師のときは偏屈だが、ハウロンになるとオネエキャラになる二重人格。
レッツェ
慎重で思慮深い冒険者。安定を好み、付き合いは広く浅く外面よくだが、気に入った人間に対しては面倒見が良い。
主な登場人物

ウフ
南天を統べる大気の精霊。常に「うふ」という言葉を発する。
セイカイ
ナルアディードに祀られている海神。

Contents

異世界に転移したら山の中だった。反動で強さよりも快適さを選びました。11

じゃがバター

イラスト
岩崎美奈子

1章　受け渡しの仲立ち

メール小麦の受け渡しは7日後になった。

ソレイユの船は小さい。

もちろん島に来ることができる小舟ってことじゃなく、商船としてはだけど。小さいから、タリア半島の南にあるリプア――一応自領への港とナルアディードの往復の他は、時々マリナやタリア半島の国々に商品を運ぶくらいで外海には出ない。でもそれなりに航海の予定はある。

その予定のすり合わせと、出所《でどころ》を聞かれたら困るってことで、海峡まで船に来てもらって受け渡すことになった。ソレイユの船に積める分より、メール人と物々《ぶつぶつ》交換した小麦が多いんだけどね。

そういえば小麦も広めるべきかな？　こっちの小麦は茎《くき》が長くって、すぐに倒れるし、実のつきも少ない。『食料庫』の小麦と掛け合わせれば、たぶん味だけじゃなくって収穫量も上がると思う。同じ広さから7袋採れるのと、10袋採れるのでは雲泥《うんでい》の差だ。

ただ、交配させるには畑を広げないとダメというハードルがあるけど。力も体力もあるから畑を耕《たがや》すのは平気なんだけど、管理がこう……。精霊が手伝ってくれるからだいぶ楽なんだけど、油断すると黄金の麦とかできてそうだしな。

あ、米、米も作りたいというか、米はカーンのところで作ってもらいたい。

「そういうわけでお願いしに来ました」

「……どういうわけだ」

カヌムの貸家にカーンに会いに来た。

あったかくなってきたから活動的になったっぽくって、留守が多かったけど幸い捕まった。カーンがいるので、もちろんハウロンもいる。

「カーンの国でお米を作って欲しいんだけど」

エスの米と掛け合わせた、エスの米寄りならカーンの国でもできると思うんだ。

「俺の時代にも作っていた綿花《めんか》とメイズ――トウモロコシ、ハウロンが勧《すす》める小麦を作る気でいたのだが……」

カーンの言葉が、トウモロコシ、トウモロコシって聞こえかけた。トウモロコシのことメイズって言ってたのか。

「米もお願いします」

「わかった、作り方を知る者を集めよう」

頷《うなず》くカーン。

「すぐには無理よ？　今、人を集めている最中だけれど、同時に当面の物資を集めてるの。エスの神々のおかげで、豊穣《ほうじょう》の地になることは約束されたようなものだけれど、収穫ができるまでの期間、民を養う食料がないと。──今、タリアやカヴィル半島の周辺は旱魃《かんばつ》が起きてるの。新しい販路を、とはなかなかいかないわ」

取引を持ちかけようにも小麦自体が市場に出回っていないため、ままならないらしく、ため息を吐《つ》きながらハウロンが状況を説明してくれる。

中原《ちゅうげん》は旱魃の影響は少ないけど、年がら年中戦争してるせいで、他に回せるほどの収穫量はないからね。あったとしても、新参者より武器やら物資やらを回してくれる商人に売るんじゃないかな。

「小麦ならでっかい船2杯分くらい提供できるぞ」

「なんでそんなに持って……。ああ、メール」

ハウロンが小麦の出所に思い至ったらしい。

「でもメール小麦って最高級品じゃない！　それを当面の食料にする人間がどこにいるの！売って普通の小麦をちょうだい！」

「だって、色々お膳立《ぜんだ》てしないと安心して売れないんだもん」

一番いいのはメールの港まで船を出して、そこから積み込むことだろうけど、海峡に魔物が出るし、頼みづらい。

「アナタ、メールの地に行けるんでしょう？　そこでメールとの交渉に失敗した船とかを捕まえなさいよ！　足元を見た値段を提示しても、空船《からぶね》で戻る馬鹿はいないわよ！」

「ハウロン、頭いい！」

さすが大賢者！

よし、メールの地の先を探検するついでに行ってこよう。ちょうどいい船を探すのに時間がかかるかもしれないけど、気長に。で、ソレイユに売ってもらえばいいよね！　解決！　俺が【転移】で海峡まで行くよりずっといい。

「……ものすごく機嫌よさそうね。役に立てて嬉《うれ》しいけれど、これもまた能力の隠蔽《いんぺい》のためだと思うと、魔法の練習を思い出して微妙だわ」

がっくりとして頭を抱えるハウロン。

「そういえば、国の方は進んでるの？」

「中原からは、戦《いくさ》に飽いた者、国を失った者から、優秀な者とその家族を何人か移した。暑さに慣れたエスの者たちも欲しいが、すぐに移す必要はないので後回しになっている。養えるほどの食料が手に入らなかったのでな」

カーンが言う。

人を集めるついでに、色々現在のことを学んでいるらしい。新しい技術も魔法の利用法も取り入れたいみたい。

滅びた火の文明の方が優秀なことがよくあるんだけど、火の精霊の勢いが落ちて、大規模なのは使えなくなったものも多いんだって。

「とりあえず当面の食料については解決しそうね。食料不足の地域からも引き抜きやすくなったわ」

色々頭の中で算段してるらしいハウロン。

ハウロンは名前が売れてるだけじゃなく、あちこちに貸しがあるんで、人を集めやすい。家具なしだけど住まいはあるし、主食になる小麦も俺が提供できる。本格的に国が始まりそう。

「俺の米の普及のためにも、国の復興頑張って」

「俺の持ち主、もう少し壮大なことを言え」

片眉を跳ね上げて言うカーン。

「……ううう。民に食べさせるのは大事なことだわ。大切なことだけど、でもなんで行き詰まってた問題がこんな軽そうな感じに解決するのよう」

ハウロンが泣いている！

解決したならいいじゃないか。

そういうことで、カーンとハウロンの２人とは話がまとまった。一応、商売の正式な契約か誓約かを入れるつもりだけれど、ソレイユに相談。

◆◇◆◇◆

「と、いうわけで。ちょっと知り合いから助言を受けて、現地で船を捕まえようと思うんだけど」

ソレイユの仕事を邪魔している気になりつつ、２日続けての島だ。

床から天井までの大きな窓を背に、これまた大きな執務机に向かっている。こうしてみると雰囲気だけでとても偉そう。

「貴方《あなた》の移動方法を知っている友人が周りにいるのね……」

「ああ。同じことができる人もいるぞ」

大賢者って言うんですけどね？

「……」

執務机に両肘《りょうひじ》をつき、ソレイユが頭を抱える。

島でははっきりカミングアウトしたわけではないけど、いないはずの塔から出てきたり、倉庫にものをどっさり増やしたりしているので、【転移】と【収納】はそれとなくバレている。

契約してるし、隠してないとも言う。【転移】はともかく、【収納】は大々的に商売してる人がナルアディードにいるからね。

ノートたちの『王の枝』探しの一員だし、いつか会ってみたいな。商売が商売なだけに、あちこち移動してて滅多《めった》にいないそうだけど。

「我が君の住まう場所はどのような別天地なのか――」

「こんなのばかりか？」

アウロとキール。こんなのってなんだこんなのって！

なんか住んでる場所とか、色々誤解がある気がするけど、初めて顔合わせした時のノートの様子を思い出すと、誤解させといた方がいいのかな？

正直に話せば、カヌムにいるとか、ノートが斜め向かいに住んでるとか。

迷った末に黙る俺。どうゆう者だと思われてるのか、ちょっと不安になってきた。前に言われた、隠れ里に住んでる人とかって思われてそう。

「別世界のことは考えても仕方がないわ。商売の話をしましょう」

ソレイユが顔を上げて、きっとした表情をする。

「うん」

「どんな船を選ぶかは決めているの？」

「いや、なるべく大きい船？」

できればネズミとか虫がいない船がいいです。無理だろうけど。

「うーん。まず、船長と荷主が一緒というのが普通ね。所有する船に自分の商品を積み込んで運ぶの。でもこれ、単独と複数で所有してるパターンがあるから気をつけて」

そういえばそんなこともちらっと聞いたような？　船の共同所有パターン。

「複数はめんどくさそうだ」

「商人だけでなく、造船に関わった船大工や手工業者が、所有権を分けていることもあるわ。ただ、メールに行くような船はおそらく単独でしょうけどね。一攫千金《いっかくせんきん》的な側面があるから」

こう詳《くわ》しく話を聞いたら、ナルアディードの船は単独も多いけど、北方の船はほとんどが共有だって。船の売り上げの16分の1とか、細かいと50分の1とかの権利があるとか。普通は船長が多めだってことだ。

雇われ船長もいるけど、その場合は船の所有者から権利の一部を譲渡されて、自分の儲《もう》けのために頑張る感じらしい。

「できれば所有者が船長、もしくは、所有者が一緒に乗っている船を選んだ方が面倒がないわ。荷を運んだあとで権利云々《うんぬん》言われるのは面倒だもの」

「わかったけど、なんかそういう人は、ちゃんとメール人との交渉を成功させてそうだな」

なんかこう漢気《おとこぎ》がありそうなイメージ。

「一番の問題は、海峡の途中で魔物に襲われること。魔石を海に投げ込んで、その気配に魔物の注意が向いている間に逃げるという話だから――肝心の交渉材料を失《な》くしているパターンね」

メール人が小麦の交換で望むのは、緑色の石。普通の石でもいいみたいなんだけど、魔石の方がよりたくさんの小麦と交換できる。そして魔石は魔物の力が凝《こご》ったものなためか、魔物が寄ってくる。

「なるほど」

せっかく行ったのに世知辛《せちがら》い。

「メール人は緑の石以外を望まないから、エスで荷を下ろして、もったいないけれど行きは空船なの。だから船の軽い行きは逃げきれることが多いんだけど、あの海峡で船を巡《めぐ》らせるなんてしてたら魔物に襲われるから、進むしかないのよね」

「ああ、そんな船を捕まえるんだな？」

ソレイユの話をふんふんと聞く。

「私としては、メールで空船を捕まえるのはお勧めしないわ」

「なんで？」

「荷を積んだ帰りは、海峡での危険が跳ね上がるの。せっかくのメール小麦が海の藻屑《もくず》と消える可能性があるのよ」

行きは魔石のせいで魔物が寄ってきやすく、帰りは重くて遅いせいで魔物のいる海峡に長くいることになって、逃げきれない。

なんにしても魔物のいる海峡を通るより、当初の提案通りに、海峡に入る前あたりまで俺が運んで、荷の受け渡しをした方が絶対安全。

でも、なるべく不自然なところはなくす方向で。ソレイユの船で何度も往復してもらうのは怪《あや》しすぎるし、最初からメール小麦を積むつもりで行ってる船をスカウトした方が絶対いい。

商売系で俺がやったことって、大体ソレイユにすり替わって認識されてるからね。少しでも負担軽減を――ソレイユ本人は荷の方が大事だって言い出しそうだけど。

「あー。わかった、それはなんとかする」

「なんとかできるのね……」

視線を逸《そ》らすソレイユ。

周囲の精霊の名付けを頑張って、荷物積んでても速く動けるようにするとかこう……。あとは先回りして魔物を追い払うとか。

倒しちゃうとその後の商売のバランスを崩《くず》しそうだしなあ。魔物が減ってメールにバンバン人が行くようになったら、メール人も落ち着かないだろうし。

運ぶ船は決定として、ソレイユとメール小麦がナルアディードに着いたあとの話をざっくりまとめる。メール小麦は大国相手に商売している大きい商会に売り払って、普通の小麦を買って、食料難の地域に安めに放出。細かいことはソレイユにお任せ。

そういうわけで、船を探しにメールに——行く前に、花の蜜《みつ》をお土産《みやげ》用に集めよう。やっぱり精霊の影響をたくさん受けてるやつがいいのかな？『家』の花ならどれでも大丈夫だろうけど。

俺の山の『家』には色とりどりの花が咲いている。ただ、野菜や果樹が優先なので、花は小さくて地味なものが多い。

野菜に至っては大根とかキャベツとか、大体花が咲く前に収穫しちゃうしね。花好きな精霊たちのために、花目的でも一応植えてるけど。

ミツバチみたいな精霊が蜜を集めてくれている。

いや、小さな精霊たちがみんな、つまみ食いしながら手伝ってくれているのだが、ミツバチさんがいっとう収穫量が多い。次いでチョウさん、ハチドリさん。

俺も蜜の多いサルビアみたいな花をぶちっと採って、きゅっと根元を絞《しぼ》って集めてるけど効率が悪くてだめ。小さなガラス瓶《びん》に5ミリも貯《た》まらない。

精霊は触りたいものにちょっとだけ触れる。人間や動物相手には難しいけど、植物とか水とか火とかには大抵触れる。

精霊の小さな手が花びらを透過して、蜜だけを手にする。手のひらにまん丸の花の雫《しずく》。きゃっきゃっと喜んで、他の精霊にぶつけたりするので、収穫量はそれほどでもない。それでも俺よりはあるけどね！！！

ミツバチやチョウ、ハチドリの姿に近い精霊は、元の生き物の習性がちょっとあるのか、すごく真面目《まじめ》に蜜を集めてくれる。

『家』の庭や山の中を回って、せっせと採取。本物の虫たちが起き出して、吸っちゃう前にってことで朝早くから頑張っている。害虫は入れてないけど、花粉を媒介する虫は必要なんだよね。

うちは精霊の方が多いけど。

リシュはエクス棒を咥《くわ》えながら俺の周りを行ったり来たりしている。地の民にもらった綱を、ひとところに落ち着いて真面目な顔をして齧《かじ》ってるけど、エクス棒を咥えている時は伏せて齧

ってみたり、嬉しそうに咥えて跳ねるように移動したりする。楽しそうで何より。

とりあえず百花蜜《ひゃっかみつ》、サルビアみたいな花の蜜、アカシアみたいな白い花の蜜を各1瓶ずつ。蜂蜜《はちみつ》みたいに黄色くなくって、さらりとした透明な蜜だったり、うっすら黄金色だったり。

よし、お土産準備OK！　人数的に釣り合う量じゃないけど、気は心ってことで。

精霊たちにお礼を言って、魔力を持っていってもらう。はっきり言って俺じゃ集められなかったのでとても助かった。

籠《かご》に瓶を詰めて、メールの街の外に【転移】。正面からお邪魔します。

◆◇◆◇◆

『こんにちは』

『こんにちはジーン』

中に入って、一番初めに会ったメール人に挨拶する。やっぱり5人でくねくね、ボディランゲージ。俺も謎の踊りを体が勝手にする。

メール人の見分けは難しいけど、たぶん見分けがつかなくても問題ない。たくさんのメール人が情報を共有している。メール人は集団で一個だ。

『今日はちょっと、港にいる船に用があって来たんだ。これ、お土産、うちで採れた花の蜜』

『ありがとう。この地に咲く花以外の蜜は初めてだよ』

メール人から喜びが伝わってくる。

『全員に回らなくってごめんね』

『ううん。とうさまとかあさまに捧げるんだ。そうしたら僕ら全員に味がするんだよ』

なかなか不思議なシステム。

『小麦ありがとう、分けてもらって色々助かる人がいるんだ』

『ジーンの役に立ったならよかったよ』

メール人としばらく話して、ほんわかした気分で人間のいる港へ移動。

さて、船は1隻《せき》と限らず頼みたい。11隻分の小麦があるけど、旱魃はすでに年単位で続いてるって話だし、範囲が広め。困ってる人全部には行き渡らないと思う。

何せ中原は戦乱中で畑どころじゃない場所も多いし、困ってるのは旱魃が起きてるとこだけじゃないんだよね。カヌム周辺にはさすがに影響ないけど。

カーンの国造りにも協力したいけど、飢饉《ききん》で困っている人に届けるのが先だ。どっちにしても、メール小麦をソレイユに届けて、ソレイユが売り払って、普通の小麦を買うって作業が入る。

こっちの人って小麦を最低半年は乾燥させるんだけど、5年以上経ったやつが高級品だそうで、余裕がある商人や貴族は貯め込んでる人もいる。それを吐《は》き出させる予定だそう。

カーンとハウロンのところには、とりあえず小麦を船2杯分くらい届けてもらおう。最初に船2杯分って伝えてるから、それでやりくりできる範囲で人を集めて、色々始めるんだと思う。

穀物の確保はできた。あとは野菜とタンパク質かな。タンパク質はエス川で魚を獲《と》れるし、野菜はものによっては穀物より早く収穫できる。うん、大丈夫そう。俺は今のうちにバナナとかマンゴーとか植えとこうか。

港に着くと船が停泊している。結構傷がついてる船も混ざってる。最初派手《はで》に壊したなって思った船を解体して、他の船の修理の素材に当ててるみたい。

メールの地に船に使えるような木はないもんね。あったとしてもたぶん木は譲《ゆず》ってくれないと思う。メール人が取引に使うと決めた小麦以外は難しいんじゃないかな？　なんとなくそんな雰囲気だ。

さて、壊れてる船を中心に観察すればいいのか。魔物に襲われて、「緑の石」を失ってる可能性が高いしね。うんでも、修理の中心にいる、人望がありそうな人に聞いちゃった方が早いかな？

話しかけなければ、存在を認識されないのをいいことに、働く人たちを近くで観察する。

おっと、船についてきた精霊発見。話ができるタイプかな？　青緑の服を着た人型で、下半身が丸い精霊。人型に近いしいけるかな？　保険もかけておこう。

『やあ、ちょっとここにいる中で、気に入ってる人がいるなら教えてくれるか？』

『こんにちはー。ボクのお気に入りは、あのいっぱい茶色い人。茶色っていいよね！』

しまった！　話はできたけど、その茶色の人がいい人なのか判断できない……っ！

困ります、お客様、茶色は困ります。

頭の中で無意味な言葉を呟《つぶや》きながら、港の人を眺《なが》める。海風に焼けた茶色の髪、陽に焼けた茶色の肌、厳しい顔だけど、よく見ると茶色の人懐《なつ》こい瞳。大穴で服が茶色、さあどれ!?

『具体的にどの人？』

とりあえず茶色の人を特定しようとする俺。

『あの人だよ～』

ぴょこぴょこと上の方にある船縁《ふなべり》を全身で指す精霊。

「にゃー」

虎猫《とらねこ》～～～～～～～～～～～っ！！！　人じゃない、人じゃないよ!?

視線の先に、細い船縁にバランスよく寝そべる猫がいた。

えーと、船のネズミ対策と航海の無事を――いや、航海の無事は雄《おす》の三毛猫《みけねこ》で日本の話か？

いやいや、そうじゃなくって。

『人間で頼む』

いや、人がわからなかったら、人間という言い方もだめか。混乱してきたぞ？

『人だよ～？　名前は船長さん！』

『……』

猫の方を向いてしばし眺める。

もしかして呪《のろ》いで姿を変えられてるの？　どうしたらいい俺？　人か、名前が船長さんな猫か。

く……っ！　こんなことならソレイユかレッツェについてきてもらえばよかった……っ！

ああ、でもこの船の船長だったらいいかな？

自分の船団——猫のいる船、解体中の船ともう1隻、同じ旗が上がっている——のためだけでなく、見ていると他の船団にも木材を回している。

船の中で一番損傷が酷《ひど》かったのかもしれないし、提供することで金銭を得ているのかもしれないけど。

それに猫の姿でも船員が従っているなら、信頼を集めてる船長さんなんじゃないかな？　他に情報もないし、精霊のお勧めに従ってみてもいい。

「えーと、船長さん？」

躊躇《ためら》いながら声をかける。いい毛並みですね？

「……」

顔を上げてこちらを見る猫と、しばし見つめ合う。

猫、猫か？　面構《つら》えすごいな？

「よく俺が船長だってわかったな？　そばにいる精霊が教えたか？」

やたら渋《しぶ》い声の返事が来た！！

「ええ、精霊に聞きました」

見えているなら隠すこともない。これから交渉だしね、誤魔化《ごまか》しは少ない方がいい。

「正直だな、動揺もない。何用だ？」

いや、動揺はしてるぞ？　猫だし。

「俺はソレイユ。あなたは、船はあるけど、小麦はない、で合っていますか？」

「……合っている」

むすっとする猫。

話し始めたら、猫の後ろに人が立った。厳《いか》つい親父《おやじ》が、猫と俺を視界に収めて直立不動。

「俺は、メール小麦は手に入れたけれど、船がない。運賃を払うので、ナルアディードの商会まで運んでくれませんか？」

「空船で帰るよりマシだ。条件次第では受ける」

おかしな駆け引きなしで、話が早くて助かる、猫だけど。

この船の船長《せきにんしゃ》なら猫でもいい。

「上がってきな」

猫がくいっと顎《あご》をしゃくって、そのまま身を翻《ひるがえ》す。

それに従って縄梯子《なわばしご》を上がり、船の甲板《かんぱん》に。縄梯子、安定しないな、あっちにむにっとこっちにむにっと。俺がバランス取るの下手なんだろうけど。

甲板に上がると、さっきの厳つい親父が無言で先導してくれる。扉の前に猫が待つ。厳つい親父が扉を開けると、猫がするりと中に滑《すべ》り込む。

猫扉つければいいのに。

操舵室の奥の部屋は、たぶん船長室とさらに寝室。案内された部屋には、女性が1人横たわっていた。

「精霊に壊血病《かいけつびょう》の軽減を願ってくれ。それが条件だ」

一段と低い声で猫が言う。

「いや、それライム食えば治るんじゃゃ？」

どこから来たの？　寄港地のエスからそこまで日数いらないよね？　野菜嫌い？　壊血病っ

てビタミン不足だよね？　北方の民は、船にキャベツの酢漬けを常備だって聞いたけど。

「治る……のか？」

猫がびっくりしてる。この世界、情報が偏《かたよ》りすぎじゃないだろうか。

外海に出るような長い航海をしなければ、必要ない知識だからかな？　あ、内海の大陸はぐるっと旱魃で野菜が怪しかった。

寄港地でも高いのを避けてた結果とかかな？　ビタミンは豚肉でもいける気がするけど、豚はたくさん緑を必要とするから、今やっぱり高い。

単なる好き嫌いだったら教育的指導だな。

「治るけど。酷そうだし、ちょっと回復は頼んでみるけど、そもそも体に足りないものがあって起きる病気だから、ライムなりレモンなりキャベツなり食わせて。あと、精霊が回復を使えるかは、聞いてみないとわからないからね」

【治癒《ちゆ》】が使えるけど、ここは精霊に。精霊の声が聞こえるかどうかは微妙だけど、見える猫みたいだし。見える方は確実だろうし、俺が声にしないで話してたから聞こえなかっただけで、精霊の声も聞こえてそう。

「あ、精霊が入りやすいように窓開けてくれる？」

壁も通り抜けられるけど。実際に、壁をすり抜けてついてきた精霊が何匹か。

でも風通しがいい方がいい。しっとり日陰を好む精霊もいるけど、癒《いや》す力を期待するならね。

厳つい親父が窓を開けると、少し様子を見ていた精霊も部屋に入ってくる。

『誰か、この人を癒せる子いる？』

『んー。ちょっとなら？』

『治せないけど、気分はよくできるよ～』

名乗り出た精霊が俺に寄ってくる。

『頼んでいい？　これあげる』

小さな魔石を、俺の魔力を纏《まと》わせて差し出す。

一応保険で、魔石を使った風です。誤魔化せてますか？

「というか、この人怪我《けが》してる？」

「ああ、海峡で魔物とやり合った時にな」

猫がベッドサイドの引き出しみたいなのに、身軽に飛び乗ってくる。

壊血病って出血しやすくなるんだっけ？　倒れてるのは、貧血もある、のかな？　怪我と壊血病でたくさん血が流れたとか。

なんかこう、歯茎《はぐき》から血が！　毛穴から血が！　という怖い状態ではないみたいだし。

「さっき、精霊に癒しを頼んだので怪我の方も少しよくなってるはずだけど……。船に乗ってて大丈夫そうな怪我？」

毛布めくっていいですか？

「普通だったらな。だが、魔石なしとはいえ、魔物にまた襲われないとは限らない。魔石なしでも襲われる時は襲われるし、行きの船とかち合うこともある」

ああ、こっちに来る魔石を持った船が、魔物に襲われるのに巻き込まれることもあるのか。船が大破するほどの衝撃じゃ、そりゃ無事なものも無事じゃなくなる。

「あんたの船は？」

「俺は陸路」

「陸路？」

怪訝《けげん》そうな声。

「師匠に修行だって言い渡された。メール小麦はうっかり手に入れちゃっただけなんだけど、ここ数年不作だろ？　手に入ったからには、知り合いの商人に届けたい」

修行は嘘《うそ》だけど、他は本当。

「荒地に魔物、随分とスパルタだな」

「1人ならなんとかなるかな？」

はいはい、そこで師匠の名前を聞いて、聞いて。

「師匠の名前は――いや、いい。あんたは何も聞かずにこっちの願いを聞いてくれた。こちらも何も聞かずに受けるのが筋ってもんだ」

ちょっと！　そこまで聞いておいて!?　メールの地に1人でふらふらいたら怪しすぎだから、大賢者の名前を出すように言われてるんですよ！！！！

「契約書は俺の方で用意するか？」

「いや、ある」

一番高くて制約が一番きついやつを持ち歩いている俺です。

カヌムのみんなとソレイユに、持ち歩けってぽっけに突っ込まれたので、実は5枚ほどある。しかも、俺のことに関して他言無用とか、その辺がすでに書き込まれてるやつ。

いや、話を進めないで？　師匠の名前を聞いてください。でもしょうがない、それに契約してしまえばこっちのものだ。

はっ！

コートの内ポケットに手をやったところで思い出す。せっかく用意してある魔法陣のチラ見せを忘れてた。

いや、大丈夫、今から内ポケットからブランクの契約書を出す、出す時に魔法陣のチラ見せをするんだ俺！

匂《にお》わせって言うのか？　いろいろ難しいな。

「この契約書でいい？」

俺の広げた契約書にさっと目を通す猫。

「ああ、構わん。あんたのことをペラペラ喋るつもりはないし、条件についてはこれからだが、一度飲んだモンを破るつもりもない。ついでに言えば、船で運ぶモノについて、人であろうが物であろうが他言しない誓いは、乗組員全員が立ててるから安心しな」

少し自慢げに尻尾《しっぽ》をくねらす猫。

船長にとって自慢の船員か。尻尾に絡んで茶色好きの精霊が頷いてるので、本当だろう。

「じゃあ、条件というか運び先はナルアディードで頼む。で、8分の1でいい？」

「願ったりだが、メール小麦は普通の荷より高いぜ？　あんたが行きのリスクまで担保《たんぽ》する必要はないだろ」

ざっと相場を調べてきたんだけど、ナルアディードとメールの地の運賃は、船の荷の価格の4分の1から8分の1。売り上げというか、物品そのものを指すことが多い。

同じところにまとめて売って、金で分配になることがほとんどなんだけど、義理で別な相手に売るとかもあるらしい。

運賃の幅が広いのは、運ぶ魔石の大きさによって魔物に襲われる率が変わるから。魔石の大きさはメール小麦の量にも関わるから、大きな船は自動的に料金が高い。

猫の船は大きいけど、復路だけだから安く伝えたんだけど、それでも高かったみたい？

「できればまた取引したいし」

猫だし。

「それに条件があって、そっちの分も俺の指定する商会に売って欲しいんだ」

実質買い取るのは俺だけど。

「わかった。魔石のために借金がある、正直助かる」

その他大雑把《おおざっぱ》に話を詰める。

大雑把じゃいけないところは、執事かソレイユの監修した文がすでに書き込んであるからね！

今回は商売だし、ソレイユ版を使った。

「ところで、サインってどうするの？」

肉球？

自分の名前を入れて、契約書を猫の前に差し出す。

「血判《けっぱん》で」

猫が前足を差し出すと、無言で控えていた男が慣れた様子で、ナイフでスパッと浅く肉球を切る。

肉球、肉球だったけど、想像してたのと違う！！！

そして出てくる精霊。

待って？　どなた様？

「セイカイ……っ⁉」

「な……っ」

猫の目がこれでもかと見開かれ、尻尾がぶわっと。大男に至っては、その場に額《ぬか》ずいてしまった。

正解、そう、正解だって思ったんだ。ナルアディードで信奉《しんぽう》されてる神様じゃないですか！

ちょっと待って、知らない神様も出てくるのこれ？　ソレイユのせい？

知らない精霊が出てきたのは初めてのパターンなんだが、ソレイユがいろいろ書き加えた契約書だからだろうか。

ナルアディードで商売の神様と一緒に信仰されてる海の神様だよね？　イルカに乗ってる、上半身裸というか腰巻きいっちょのムキムキ髭《ひげ》の男。トレヴィの泉の中央にある彫刻に似てる。あれも海神ポセイドンだったなそういえば。

というか、船の中なんですけど、イルカに乗ったままなんだ？　足が床についてて——ないな、透過してる。

面倒ごとの匂いがするから、今から執事版の契約書に変えちゃダメ？　もう出てるからダメか。

「ようやく対面が叶《かな》ったな、中央の精霊王よ」

しかも消えない！

しかもイルカの方が喋る！

しかも精霊王がいる！

「船長、精霊王だったの⁉」

ただの茶色じゃなかった。

中央のってつくってことは、上とか下とか、右とか左とか、東西南北とか……何人かいるのかな？

「そんなわけあるか！　俺は普通だ、知り合いの精霊は2、3いるがそれだけ！　ちょっと変わってるかもしれんが、立派な海の男だ！」

「自覚がないタイプ⁉」

ツッコミどころと情報量が多い猫船長、いや、見た目からして只者《ただもの》じゃないと思ってたというか、猫だけど。

そして、やっぱりセイカイの声は聞こえているようだ。セイカイが神々クラスの精霊だから聞こえているのか、人と近しい精霊だから聞こえているのか謎だけど。

「だいたい精霊王というのは、神クラスの精霊を複数生み出し、眷属《けんぞく》としている精霊のことで——」

猫船長が言いつのる。

「ん？」

ポセイドン部分がなんかつついてくる。

俺が見上げると、俺の肩を軽く2回叩《たた》いて頷く。

「中央の精霊王よ、ようやく対面が叶ったな？」

そして、イルカ部分が俺に向かって言う。

「俺のこと!?」

「自覚がないタイプか！」

猫船長に同じことを返された。

「いや待て、俺人間……」

のような気がします！

「人間か精霊かは関係がない。強大な精霊や眷属を多く従えているかいないかだ」

イルカが言う。

「う……」

それはちょっと心当たりがあります。エスとか黒山《こくざん》ちゃんとか、こう、最近立て続けに。

「中央の精霊王よ、頼みがある」

「なんですか？　契約なら間に合ってます」

海の神なんかと契約したら、ごっそり魔力を持ってかれそうなんで。もう少し俺が育ってからにしてください。

「……」

無言の猫船長の視線が痛い。

「火の時代の精霊が目覚め、我が体内に眷属を生み出しておる。その精霊を宥《なだ》め、外に連れ出して欲しい。あれがおると腹具合が悪いでな」

頼む相手間違えてないか？　そういうのって勇者の仕事じゃない？　って、こっちに来られないように俺が頼んでるんだった。

体内……しかも腹って、海の中、雰囲気からして海底だよね？　ナチュラルに俺が行ける前提で話すのやめてくれないか？　北の湖に潜《もぐ》った手順で行けるだろうけれども。

あとなんか腹具合が悪い宣言の腹に行くの、ちょっとヤダ。

「いい加減、陸の精霊たちも困っておるようだ。毎年あの地に抱擁《ほうよう》するはずの大気に溶けた水の精霊が、ここより西の地に落ちておる」

ちらりとイルカが猫船長たちを見る。

女性はベッドに寝たままだし、大男は床に額ずいたままだ。

「なるほど、マリナやタリア、内海の北の方が干上《ひあ》がってるのはそのせいか」

猫船長が眉間《みけん》というか、鼻に皺《しわ》を寄せて言う。

「あー。なるほど」

で、外海のさらに西の方は雨が降ってるんだ？

「我が腹の中は気に入らぬと見えて、盛んに眷属どもを吐き出しておる。陸に上げてやれば少し落ち着くだろうから、引き上げてやれ。いずれ大人しくなるだろうから、我にとっては少しの間の我慢。だが、その少しの間が保《も》たぬモノたちも多い」

「一応、行ってみるだけ行ってみるけど、どんなのだかわからないから、どうするか約束はしない。それでもいい？」

ポセイドン部分がまた俺の肩に手をかけて、ゆっくり頷く。

どういう精霊なんだろうセイカイ。イルカ部分が喋るの担当で、ポセイドン部分がジェスチャー担当なの？

「構わぬ」

ポセイドン部分はちょっとお茶目な感じでジェスチャーして、イルカが重々しく喋るんですが、見かけと逆じゃない？　いや、見かけで判断しちゃいけないんだけどさ。

「あ、この船が内海に出るまでの帰りの航海、守ってくれる？」

「引き受けよう」

緩《ゆる》い約束だけど、話がついた。

「場所については内海に戻ったら、精霊どもを知らせにやろう。では頼むぞ」

そう言ってセイカイが消えた。

「……精霊王と海神セイカイとのやりとりに巻き込まれて、とんでもなく重い契約になっちまったぜ」

しばらくの沈黙ののち、猫船長が契約書を前足で叩く。

「とりあえず内容としては、メール小麦の運搬と、俺のことについて他言無用とかそんなのなんで、気楽にお願いします」

「何をどうやったら気楽にできると思うんだ、お前」

半眼《はんがん》の猫船長。

大男はもう床から起きてもいいと思うんだけど、もしかして寝てる？　ちょっと震《ふる》えてる気がするけど気のせいですよね？

「まあいい。俺は仕事をこなすだけだ。メール小麦はどれほどあるんだ？」

「この船10杯分くらい」

目分量ですが。

「……」

猫船長がなんか香箱《こうばこ》を組んで黙った。

「何往復させるつもりだ？」

「いや、1回でいいけど。運んだって実績があれば、多少量は誤魔化せるだろうし」

「誤魔化せるか！！　倍どころじゃないだろうが！！！」

猫船長に怒られました。

信用の置ける他の船に声をかけてくれるそうです。セイカイが出ると困るんで、契約は猫船長と船長の間で済ませて、俺は姿を見せない方向で。

「少し時間をもらうぞ。大急ぎでやるが、船が直らねえことには出発できないからな」

「はい、はい」

契約書の文面は『無理なく、できるだけ早く』。

期間を入れる欄《らん》があるんだけど、俺じゃどれくらいの日数が適正なのかわからないから。

「で？　運んだ量を誤魔化せるって思ってたってことは、他に大量輸送の手段があるんだな？」

猫船長が半眼で聞いてくる。

商談関係の話が済んだあと、改めて聞かれる。商売第一、ソレイユと馬が合いそうだ。他の船長との間の契約にも、メール小麦の荷主について口外しない旨《むね》の一文を入れてくれるというし、話が早くて助かる。

この部屋に寝かされている女性も、初めよりもずっと離れた部屋の隅《すみ》にいる大男も、乗組員は船長が結んだ契約を順守する。これは猫船長と船員との契約だそうだ。

契約しておけば、陸に上がって酔っ払って口が軽くなっても平気だからって。船上ではあまり飲まないけど、代わりに陸では正体がなくなるまで浴びるほど飲むんだって。ちなみに、上陸1日目の晩は猫船長の奢《おご》りだそう。

「まあね。バレたところでこれをやろう。船員に食わせとくといいぞ」

どさどさと床にレモンを出す。

レモン1個にはレモン約4個分のビタミンCが含まれている。レモンの果汁カウント――20ミリグラムで1個分って表示するガイドラインがあるようで、丸ごと皮まで食べた場合は4個分あるというネタだ。当然この世界では通じないので言えないけど。

「お前、こんなもんここで食ってたら、怪しい以外のナニモノでもないだろうが。もう少しここにあっても怪しまれないもんはないのか？」

文句を言いつつも断らない猫船長。

船員の健康が危ぶまれる状態じゃ、断る方が心配になるけど、割と図太い。

「じゃあ、こっち」

生のレモンをしまって、代わりにレモンの砂糖漬けを出す。こっちは生のレモンほど在庫がないので、半分は乾燥オレンジ。どっちもうちの島産。

乾燥オレンジのチョコがけとか、白ワインで煮たレモンピール、リンゴジャムとか色々あるけど、こう、言い訳できないいろんな効果がついてるんで出せません。

「ありがとよ。この分はあとで金で払うか、働いて返す」

他の船の奴にもヤバそうなのがいたらやっていいかと聞かれ、出所を探られないなら、と了解する。

猫船長、不思議現象についてもドライというか、便利なものは受け入れるタイプっぽい。ちやっちゃと話が終わり、甲板に出る。

『茶色ってよかったでしょう？』

最初にお勧めを聞いた精霊が、ふよふよと近寄ってくる。

『うん』

『いい色だよね、茶色って』

うっとりした感じで言って、茶色いシミのついた帆布《はんぷ》に向かってゆく。

待って、茶色ならなんでもいいの!?

いや、きっと茶色の中でもお勧めを教えてくれたはずだ、たぶん。うん、そういうことにしよう。

メール人に頼んで、メール小麦を入れる建物を借りよう。で、そこから猫船長主導で運び出してもらえばいいかなって。

『こんにちは、ちょっとすみません。頼みごとがあるんだけれど』

街に戻って、メール人に話しかける。

『なあに？』

『あの船の修理が終わるまで、小麦を入れる倉庫を貸して欲しいんだ』

『いいよー。ジーンには珍しい花の蜜をもらったし。あそこにいる海の人たちが入るような倉庫でいい？』

『うん。それがありがたい』

帽子も違うし、花の蜜を渡したメール人とは別なメール人だと思うけど、俺が花の蜜を持ってきたことを知っている。やっぱりある程度、意識も共有してるのかな？

メール人に連れられて、最初にメール小麦をもらった建物の方に行く。俺がもらった時の建物より、街の出入り口に近い場所でどうかと言われる。

『ここの小麦はもうあげちゃったから空いてるの。自由に使っていいよ』

『ありがとう。これは倉庫代にどうぞ』

緑の石をいくつか。

『どういう緑が一番好みかわからなくって。ついでに教えてくれると嬉しい』

緑の宝石といえばエメラルド、この魔石は内包物が多かったり、粒が小さかったり。次に思いついたのはペリドット。こちらはちょっと鶯色《うぐいすいろ》がかった感じ？

あとは翡翠《ひすい》。これはオオトカゲのおかげでいっぱいある。緑色岩化した濃い緑色の玄武岩。宝石かそうでないかは問題じゃなくって、透明度が低い方が好きって場合もあるし、混ぜてみた。

次々に出して、メール人に渡す。メール人は、新しい緑色の石を出すたび、隣のメール人に石を渡していく。

『あと、これは石じゃなくってガラスだけど』

濃い緑色のガラス。

『これ、これがいい。これが好き』

そう言って、メール人たちがガラスを載《の》せた俺の手を覗《のぞ》き込む。

『でもちょっと違う。でもこれが一番近い』

キラキラした目で、手の中のガラスを見つめる。

ちょっと違う？

『色？』

『ううん。色は濃くても薄くてもいいの。わからないけど、でもちょっと違うの』

なんだろう？　作り手の違いとかなんかかな？　茶色といい緑といい、色について考えさせられてるけど、結論というか答えが出ないよ……！

緑の石の謎は解けないけど、倉庫の確保はできたので【収納】から以前もらったメール小麦を出す。船1杯分は念のために残しておこう――

『って、どうしたの？　やっぱりここの倉庫使う？』

小麦の袋を出してたら、なんかメール人が新たな袋を運び込んできたので問いかける。

みんな小麦袋を肩に担《かつ》いで、同じ動きで、同じ間隔で、滑るように動く。そして奥から綺麗《きれい》に積んでいく。相変わらず5人1組で規則的にくねくね動く。

俺はまん真ん中にでんと出してしまったけど、端の方がよかったようだ。

『ううん。これはさっきもらった分～』

『またたくさんもらったの』

『ちゃんと決めた対価は出さないとダメなの～』

『出さないと気持ち悪いの』

『書いてあることは守るの』

そう言いながら、次々運び込んでくる。

メール人たちの見分けはほとんどつかないけど、同じ意識を共有してるっぽいんで見分けることにあまり意味はなさそう。

『自分たちで食べるのなくなっちゃわない？』

運び込まれる小麦の袋を見ながら言う。

そういえば親指の先くらいの魔石で船10隻分とか、船乗りが言ってたような……。前回は一番大きいのを、街の見学の対価にしてもらったんだった。

約束とか口に出した言葉に縛られて、無理をさせてたら困る。今からまた見学とかに変えられるかな？

『メールは小麦の実、あんまり食べないんだよ。秘密ね』

『置いとかないと海から来る人が嫌がるからね、時々食べて見せるんだ』

『嘘はついてないよ、海から来る人の前でよく食べるのは四角いやつ』

『美味《おい》しくないからね』

『花の蜜、たくさん入れるの』

『最初に来た時、俺が食べさせてもらったやつ？』

花の蜜を混ぜて小麦粉を焼いたような、四角いやつ。素朴で美味しかったけど。

『うん。同じものを食べてると安心するみたい？』

『怖がられたいわけじゃないし、緑の石は欲しいから』

『サービスだよ』

『あんまり街の中に入ってこないけどね』

『あんまりたくさん入ってこられても困るけど』

あの小麦料理は、まさかの気遣《きづか》いサービスだった。まあ確かに、自分の食べているものと同じものが主食なら安心するかな？　これが肉だったりすると別な怖さが出てくるかもしれないけど、小麦だし。

外から人間を呼び寄せるためだけに小麦を作ってるってことかな？　あんなに大規模なのに？

『そういえば、メールと約束した人しか倉庫のものは持ち出せないの』

『約束の約束も大丈夫だけど、約束がないままお手伝いはダメよ？』

『扉が閉まって出られないのよ』

『倉庫のものを倉庫に戻せば出られるよ』

『気をつけてね』

小麦袋を運び終えたメール人が、倉庫から出てゆく前にそれぞれ告げていく。

『うん。船の人とは契約《やくそく》したから大丈夫』

とりあえず猫船長とは契約したし、船員は猫船長と契約してるし大丈夫だろう。

もし猫船長と契約してない人が混ざってても、ダメだったら持ち出そうとした小麦を戻せばいいわけだし。

『そういえば、本当は何を食べるの？』

また別なメール人たちに聞く。

水と花の蜜だけ、なのかな？

『緑の石と水と花の蜜』

やっぱり石は食べるのか！

『小麦の花粉を食べるの』

『だから次の分の種があればいいの』

『花を咲かせるのに、時期をずらしてたくさん作ってるの』

『収穫したのもまだあるし、実《じつ》は実《み》は邪魔なの』

って、衝撃の事実！　小麦が主食で間違ってないけど、実じゃなくって花粉だった。緑の石の方は、なんとなく、メールを統《す》べる元というか、女王蜂というか、ダンゴムシの王みたいなのがいて、食べて力をつけてるのかって思ってたんで、食べるって言われてもそう驚かないけど。エクス棒は魔石や精霊の雫を食べるからね。

でも花粉は予想外。

『ジーンは花より実の方が喜ぶでしょう？　たくさんあげるの』

『溜《た》まっちゃうからたくさん持ってって欲しいの』

『でも決まりは守らないと長続きしないの』

『だから緑の石の分は持っていって』

『この倉庫に置いておくのはジーンの小麦ね』

『ありがとう。俺もなんか、またよさげな花の蜜を持ってくるね』

ジェスチャーしてくるメール人にお礼を言う。

よし、なんか増えたぞメール小麦！　俺が真ん中に適当に出したやつは【収納】にしまっとこう。

猫船長に量の相談をして、他は【収納】だなこれ。メール小麦から普通の小麦に替えるのどうしようかな。早魃だし、全部交換できるほど普通の小麦に余裕がない気がする。

なんか別なものに替える？　いや、さっさと旱魃の原因を取り除いて、来年――は無理でも、再来年は小麦と交換――いや、小麦が行き渡れば、メール小麦との交換は別にいいのか。まあ、セイカイが言った海底探索にさっさと向かおう。

2章　メールの地でのあれこれ

こんにちは、メール小麦を普通の小麦に替えるには、旱魃から早く普通の気候にして、小麦をたくさん収穫してもらうしかないけど、そもそも普通の小麦が行き渡ってるなら、俺が持ってるメール小麦を放出しなくってもいいんでは？　ってなってるジーンです。

猫船長に、何往復させる気だ！　って叱《しか》られました。いいんですよ、1回くらいで。

そして帰ったら、リシュにいつもより長くふんふん嗅《か》がれております。やはり猫は気になるんだろうか。

リシュと取ってこい遊びをやって、こしょこしょと撫《な》でながらブラッシング。リシュの毛は絡んだりしないけど、ブラッシングは気持ちよさそうなのでマメにしている。

さて、飯。何食べようかな？

すり下ろした山芋《やまいも》に醤油《しょうゆ》と鰹《かつお》出し汁、砂糖少々――麺《めん》つゆ作って【収納】しとこうかな。これをスキレットで焼いて、マヨネーズをかけて彩りに小ネギを散らす。卵の黄身を半分。

枝豆のガーリック醤油焼き、鳥手羽《てば》、キュウリと茄子《なす》の漬物。そしてキャベツたっぷりの焼きそば。

ふわふわの山芋、焼きそばのソースの匂いに負けないニンニクの利いた枝豆、歯応えが変わる漬物。鳥手羽も美味しい。

たぶんここでビールなんだろうけど、飲み慣れてないからコーラで。ぷはっとして幸せ。

醤油の匂いもソースの匂いも、食欲をそそる。『食料庫』と【全料理】を選んで大正解。

明日の朝はご飯と味噌汁、金目鯛《きんめだい》の干物、蕪《かぶ》の漬物。豚味噌も作ったから朴葉《ほおば》焼きにしよう。

みんなと食べる時は洋食が多いから、1人で食べる時は日本食（？）が多くなる。日本にいた時、食事は適当に済ませていたことの方が多いけど、こっちに来てから色々食べたくなった。ないと思うと食べたくなるよね、懐かしいというのもある。

明日はソレイユと打ち合わせして、カーンの国との交易の話をしなきゃ。島からは面倒だろうから、やりとりはナルアディードに持った商会とになるんだろうけど。

でも、海の移動はともかく、ソレイユにエスから先の川を移動する伝手《つて》あるかな？　その辺確かめないと。ナルアディードの海運ギルドとも繋《つな》がりがあるみたいだし、大丈夫だとは思うけど。

風呂に浸《つ》かってリシュの隣で眠る。

◆◇◆◇◆

で、翌日。

「と、いうわけで、メール小麦を積んだ船が来るんだけど、どこで受け渡す？」

島の執務室でソレイユに聞く。

猫船長にナルアディードだって言っちゃったけど、メールの地から海峡を通ってくると、エスの方が近い。それにナルアディードはいろんな船が入れ替わり立ち替わりする交易の中心だけど、港が狭い。積み替えるならエスの方が楽だと思う。

「ナルアディード一択。ナルアディードの名があった方が、価値が上がるのよ。もう何件か希望が来てるし、船から船に荷の移し替えをすることになるわ。貴方が運んでくるんだと思って、メール小麦が予定通り手配できなかった場合の保証を大きくしちゃったんだけど」

ため息を吐くソレイユ。

「ああ、もし失敗したら、その時は俺が運んでくるから」

猫船長なら大丈夫だと思うけど。

ファラミアからお茶を受け取って飲む。

「とりあえずメール小麦は塔の倉庫にも詰めとくから、こっちに運んで料理に使って」

「ううう、高級品」

今飲んでるお茶もだいぶ高級だと思うけど、ソレイユはどうも対価を払っていない、目の前にある高いものに弱いらしい。

「船が運べるのは船の数だけだけど、持ってこられるのはさらに増えたから」

「至極当然のことを言っている風だけど、おかしい……」

頭を抱えるソレイユ。

「それで、前にちょっと話したエスの先の新しい国との取引の件、とりあえず小麦を運ぶところからお願いしたいんだけど」

「エスの運搬業のいくつかに当たりをつけたわ。取引にいい相手と、船ごと買い取りできそうな相手。どっちがいい？」

商売の話になると元気なんだよな。

「んー。ちょっとあとで聞いてみる」

たぶんカーンの国は、エスとの取引もすると思うんだよね。

「我が君、あちこちの手の者が移住希望者の中に紛れ込むようになりました。弾《はじ》いておりますが、念のため探りを入れてきた者たちのリストを」

商売の話が終わったところを見計らい、アウロがそう言って紙を何枚か渡してくる。

「うわ、多い！」

国やら個人名っぽいのやら、ずらっと並んでます。

「まあ、ナルアディードのギルドから、マリナ、エスまで、この島に興味津々《しんしん》ってとこだな」

キールが言う。

「興味を持つな、という方がおかしい。この島は領主をはじめ環境が素晴らしいから」

アウロがなんかさらっと俺を上げてくる。

脳筋キールとなんかおかしいアウロ、残念な美形2人組。

「この島に住めるなら、スパイじゃなくって当主その人が来そうな勢いだけれどもね。立場的に貴方が移住してどうするのよ！　みたいな方からも来てるわよ、申し込み」

げんなりしているソレイユ。

まさかどっかの国の国王とかから申し込みがあったとか言わないよね？　こっちは人口３０００人くらいでも、国を名乗るからな。油断してるとあり得るところがなんとも。

「あ、そうだ。これ船の契約書、ソレイユに渡しとく」

「ありがとう、もう契約までいってるのね。相手は私の知ってる名前かしら？」

そう言って、丸められた猫船長との契約書を開く。

「肉球……？」

ああ、うん。名前書いてないね！

「……契約した商人の名前はなんと言うのかしら？」

「名前……。茶色さんって呼ばれてた」

チャ＝トラとか、こう、そういう名前かもしれない。

「……」

ソレイユが両肘をついて、重ねた手に額をつけた。

「絶対キャプテン山羊《やぎ》よね？」

「え？」

山羊船長⁉

「猫の方です」

山羊じゃないです。

もしかしてこの世界、船長って動物なの？　え、海運ギルドの長ってパンダか何か？

「方って何⁉　精霊の呪いで猫にされてるけど、キャプテン山羊は外海の航路を３つも開拓した偉大な船長よ！」

がばっとこちらを見て叫ぶように言うソレイユ。

山羊……っ！　いや、待て。冷静になれ俺、これはきっと【言語】さんが何かしている。芥川龍之介が芥川ドラゴンとかになってる気配だ。——あ、ゴートか。山羊だな？

おそらく俺が猫船長のことを猫――動物だと思って聞いてたから、翻訳事故が起きた模様。思い込みはよくないね、話が通じなくなる。人の話は偏見を持たずに聞かないと、誤解が生まれる。

「そんなに有名なんだ？」

「とても有名よ！　猫になってからは少し落ち着いたけれど、キャプテン・ゴートがナルアディードに寄港した時なんか、島が沈むかと思うほど人が来たわ」

猫船長、すごいな？　ソレイユは島が沈むと言うが、ナルアディードは半分――は言いすぎかと思うけど、海に杭《くい》を打って広い範囲を埋め立ててできている島なので、あり得るから怖い。

「まあうん、そのキャプテン・ゴートがメール小麦を他の船と一緒に運んでくるから、受け取りよろしく」

「他の船と……。キャプテン・ゴートの全盛期はガレー船と帆船で5隻を超える船団だったはず。今は、商船を何隻か手放して身軽になったと聞いているけれど、キャプテン・ゴートの船以外もなのね？　何隻くらい来るの？」

「大きい船11隻かな？　小型商船もあった気がするけど」

メールの港に泊まってたのがそれくらい。取引に向かない人もいるかもしれないし、修理に時間がかかる船もあるだろう。

猫船長の船は1隻が壊れて修理の部材になっている。大きな船は小回りが利かないから、それを守る小型船が商船団に混じることもしばしば。大抵は海賊が出没する外海に向かう船たちだけど。

「運べるのは船の数だけと言っていたけれど、メール小麦はそれ以上あるってことなのね……。値崩れ、値崩れが」

「今回は事故がない限り、船が運べるだけでいいんじゃないかな？」

魔物と事故ってソレイユが契約した分が届かなかったら、当初の予定通りエスあたりまで俺が運ぶつもりだけど、量の誤魔化しに無理があるって、ハウロンからも猫船長からも指摘されたことだし、なるべく船で。

「そうだ、船はどうも野菜不足のようだから、レモンの砂糖漬けとか干し野菜を用意してくれるか？」

あのベッドの女性以外も危ない人はたくさんいそう。

「野菜なんぞ、しばらく食わなくても大丈夫だろ」

「しばらくを通り越すと、壊血病になるんだよ」

キールに答える俺。

「陸に上がらない船乗りが稀《まれ》になるやつよね？　野菜不足が原因なの？」

「うん。レモンとかオレンジの酸《す》っぱいやつとか、キャベツとか食べとけばいいんだけど」

稀ってことは、こっちではあまり馴染《なじ》みのない病気なんだな。

俺の知ってる中世とか近世とかをイメージして考えちゃうけど、こっちは魔物もいるし未知の世界に足を延《の》ばすことは、かなりハードルが高いのかもしれない。

海峡でも魔物が襲ってくるっていうし、海の魔物が船を襲わないのは、人の住むこの内海と、中原がある大陸の西側だけの可能性。こっちの人、自分が認識してる範囲を世界って言ってるっぽいし。

北の大地は凍《こご》える大地、陸にいても野菜をたくさんとるのは難しい。あっちは壊血病になる頻度が高くて、船乗りに限らず学習済みみたいな感じだろうか。

「壊血病って、船乗り病とも言って、陸に上がれば治るものだと思っていたけれど……。最近はその病気の名前を聞く頻度が増えてきた気がするし、今聞いた話をそれとなくギルドに伝えてもいいかしら？　私が知らなかっただけの可能性もあるけれど」

「もちろん」

ソレイユに答える俺。

「用意はお任せください、我が君」

「また食料が値上がりしそうだけれど」

微笑みながら軽い会釈をしてくるアウロと、肩をすくめるソレイユ。

早魃のおかげで毒扱いされていたトマトが受け入れられて、広まりつつあるのが不幸中の幸い。１回名前を売ってしまえば、茄子とか他の食べ物を出しても受け入れてくれやすいだろうし。

「契約の時に出てきた精霊が、航海を守ってくれるって約束してくれたし、メール小麦は無事に着くと思う」

あのイルカとマッチョな髭のどっちが働いてくれるのかわからないけど。いや、眷属の精霊に通達してくれる感じなのかな？

「また出たのか」

「契約者にチェンジリングでもいましたか」

息の合った２人。

「……害虫みたいに言わないで。契約の時に精霊が姿を現すのは、吉兆《きっちょう》なのよ。長年商人をやっていても一度あるかどうか。……もう何度も見てる気がするけれど、とても稀なことなの」

キールとアウロの言葉を聞いて、ソレイユが弱々しく言いつのる。

「契約といえば、エスの先の国との契約どうする？　連れてくる？」

ソレイユは口約束を好まないので、契約書を作ることになるはず。

「国の規模はどのくらい？　どの立場の人を連れてくるつもりかしら？」

「国はまだ人が少ないかな。連れてくるのは立場的に王様か宰相《さいしょう》っぽい人？」

――ハウロンって役職何になるんだ？

「なるほど。できたばかりだって言ってたし、まだ財務や交易を仕切る人もいなくて、２人で切り盛りしてるのかしら？」

話が早くて助かる。

「うん。優秀な人を何人か引き抜いたみたいだけど」

「村が独立したようなものか」

「周囲の勢力の庇護《ひご》が受けられず、やむなく独立というパターンと、周囲の思惑で緩衝《かんしょう》地帯代わりに作られた国のパターンで、だいぶ違いますが……」

キールが簡単に片付け、アウロがよくあるパターンっぽい国興《おこ》しの例を挙げてくる。

「亡国《ぼうこく》の復興、周囲に砂と川しかないパターンだな。建物はあるけど」

人の方が少ないです。

「それはまた……。貴方が肩入れしているならどうにかなるでしょうけれど、国として成り立つかどうかは謎ね」

ソレイユが微妙な顔で首を傾《かし》げる。

「『王の枝』がいるぞ」

「ちょ！　それを早く言って！　これから発展する国との取引――どんな儲けができるか！」

手を組み合せて立ち上がり、あらぬ方角を見て、いい笑顔で目に星を輝かせる。

「見たことのない上機嫌！」

「ソレイユは高く売りつけるのも好きだが、商売の方法を考えるのはもっと好きだ」

キールが表情を変えないまま言う。こうなるのがわかっていた風だ、さすが付き合いが長い。

「我が君、新しき『王の枝』との出会いに言祝《ことほ》ぎを」

「ありがとう？」

古い王の枝ですが。

ものすごく上機嫌なソレイユが、上等な酒だと、なんとかいうワインを持ち出してきた。どっかの神殿が精霊の力を借りて作ってる赤ワイン。

「ふふ、ふふふ」

含み笑いを漏《も》らすソレイユ。

大丈夫ですか？

◆◇◆◇◆

あまり見たことのないソレイユの様子に困惑しつつ、カヌムに戻る。

「商売相手（仮）から契約書をもらってきました」

「何よ、藪《やぶ》から棒に」

カヌムの貸家で、俺の差し出した契約書を受け取りながら、ハウロンが言う。

暖炉の前にはカーン。ハウロンと同じテーブルに、クリスとディーン。こちらは何か肉を焼いたやつをつまみに、ワインを飲んでいる。遅い時間だけど、レッツェはまだ帰ってないようだ。

「あ、これメール小麦の分ね。よければナルアディードとの交易は、今後もこの商会を通してやって欲しいんだけど」

昼間、ソレイユから署名入りの契約書をもらってきた。メール小麦が多すぎて、普通の小麦を掻き集める過程で値上がりしてしまいそうなので、カーンの国には通常の小麦価格でメール小麦をってことで落ち着いた。

ソレイユがハンカチ噛《か》んでたけど。

「俺が運んじゃってもいいけど、これから国としてやってくには交易のルートは作っといた方がいいんだろ？」

契約書を読んでいるハウロンに言う。確かそんなことを話していたはず。

「話の規模が大きいね、さすがだよ」

きらきらしたクリス。

「カーンの国が着実にできてるみてぇで、すごいな」

目を丸くしているディーン。

「国を興すなんてロマンだねぇ。あの砂から姿を現した美しい都市に、人が溢《あふ》れるのだね？　手伝えることがあったら言って欲しいけど――」

「いかんせん、遠いな」

クリスのあとを継いで、ディーンが言う。

「ところで交易は、船を替えるのにエスを中継に使うことになるんだよね？　カーンたちの国としては、エスまでの川船は自前にしたい？　それとも全部お任せ？　ハウロンに渡した契約書はエスまでにしてるけど」

「自前にしたいところだが、今はそこまで手が回らん。エスとは日常品のやりとりもすることになるだろうし、エスの商会を噛ませるのがいいのだろうな。人に余裕ができたら自前の船を持つ」

カーンが言う。

「はい、はい。今はエスの商会の船を間に入れて、将来は自前に移行予定ね。ところで国の名前って何？　カーン王国？」

「火の王国シャヒラだ」

カーンが短く答える。

枝の名前つけたんだ？　枝の名前をつけるのってデフォじゃないよね？　青の精霊島が「こんこん棒ＥＸ王国」になってしまう。

「ちょっと……っ」

「どうした？」

契約書の両端を握ってぶるぶるしているハウロンに、ディーンが聞く。

「この契約相手！」

「うん？」

なんだ？

「暗殺島の表向きのトップじゃないのよ！！！！！」

「……」

その話、まだ生きてたんだ⁉

「いや、あの。ソレイユはやり手の商会長だし、お勧めだぞ？」

「う・し・ろ・に、暗殺者の集団がいるのよ！　後ろ暗いところがあるせいか、確かに表の商売はクリーンだけれど！」

「なんでそんな話に……」

一応、交易相手によさそうな商会はないか、ハウロンの方でも下調べはしていたそうで、そこで集めた話らしい。

「島についても、表の話で流れている夢のような島なんてあるはずがない、行った人間に薬で幻覚を見せている、という話が裏でちらほら出ているわ」

ちょっとハウロン、どこで仕入れたのその話！　確かに入場制限してるせいで、島に来たことがない人が、隣のナルアディードにもいっぱいいるだろうけど！

「山岳地帯の民族は、旅人を捕らえ、薬を吸わせて夢見心地にした上で、贅《ぜい》を尽くした部屋に放り込んで女と食事を与える。それを何日か続けて、元の岩山に放り出す。使命を果たして死ねば、またその部屋に行けると吹き込んで。暗殺者を作る手段と似ている」

カーン、変な洗脳話《せんのうばなし》を思い出さないで！

「まあ、表の領主やその商会はマトモそうだから、楽園の幻覚を薬で一時的に、という線はないとは思うけれど。島の環境に一体いくらかかったのかしら……？　新興の商会だし、いくらなんでもそこまで儲かってないはず。じゃあ、暗殺の依頼料で成り立ってる、暗殺者の島じゃないかっていう噂《うわさ》は拭《ぬぐ》えないの」

「拭って、拭って。クリーンです、クリーン」

やめてください、人聞きの悪い！

「そんなこと言ってもねぇ……。実際に暗躍していた者も、何人か島で見かけられているのよ。島に泊まった人の話を聞いたけれど、夜に壮絶な戦いを見たって言ってたわ。それに、暗殺の依頼をしに島に行き、戻ってすぐに行方不明になった者が何人か。精霊に聞いてもはっきりした答えは返ってこない上に、近づくのは危ないような、思わせぶりな単語が出てくるし……」

暗殺なんて依頼しに来る方が悪いと思います。悪意を持った人間は精霊が迷子にする仕様です！

そして、精霊の噂も俺のせいです！　島を嗅ぎ回るような怪しい人たちが、島に来たくなくなるように答えてって言った覚えがあります！　乗っ取りの方が頭にあったんで！

概《おおむ》ねハウロンの疑惑を増強しているのが俺な件について。

「ジーンは騙《だま》されそうだもんな」

「表面《おもてづら》のいい人を信じていると、あとに怖い人がくっついてることもあるのだよ？」

ディーンとクリスが心配そうに言ってくる。

騙されるも何も、その島作ったの俺！　チェンジリングはなんか集まってきたけど、飯目当てがほとんどだし！

平和な島ですよ！　夜な夜な戦いが繰り広げられてるのは否定しないけど、平和です！

「おう、来てたのか」

どうしようかと思っていたら、レッツェが帰ってきた。

「レッツェ！」

助けてください、暗殺者の首領にされそうです！　でも島のことは内緒です！　勇者たちが来ないって確証が持てたら教えます！

いやでも、ハウロンなら逃げる手段持ち《てんい》だから大丈夫？　そこのところどうですか？

「……まあなんだ。困ってるのはわかったが、荷物置いてくるまで待て」

あわあわしていたら、半眼で言われて置いていかれた。

「……アナタ、レッツェがいればなんでも解決すると思ってるわね？」

じっとりとした目を俺に向けるハウロン。

「大体解決するしな」

「ジーン関係の問題は大体するね！」

酒を飲みながらうんうんと頷くディーンとクリス。

「少しは自分でなんとかしなさいよ！」

ハウロンはそう言うけれど、頑張った結果がこれなんです。

好き放題やって、俺のことを認識できない人たちにどう伝わっていくか確認する実験と、勇者をはじめ、面倒くさそうな輩《やから》が寄ってこないようにしようとした結果が暗殺島の誤解だなんて、思わないじゃないですか！

表では大体ソレイユが領主って誤解されてるか、領主の方に意識が行かず「青の精霊島の○○」って言われるかのどっちかが多くて、俺の名前は出ない。

特に後者は、う○い棒の会社名をなかなか覚えられないようなものだろうか？　ってなった。特に俺の名前が出なくっても、島も商品も不便なく回る。

遠くに伝わった時はどうか。まず、この距離の情報を早く手にするには精霊が必須。ごく平和な噂はそのまま届けられる。

が、ない裏を探ろうとした人間には、その時点で色々誤解がね？　最初から裏がある前提で探るのがいけないと思うんだけどね？　そしてここでも精霊を通すと、伝言ゲームにミスの発生が確定。

裏を知りたがる代表がハウロン。普通に見学に来た平和な人たちだけじゃなく、ちょっと腹に一物《いちもつ》アリな感じの人にも接触した様子だし、人間だけではなく、精霊にも確認を取ったようだ。

精霊に裏を探ろうとすると正しい答えは絶対に返ってこないぞ！

「待たせた。俺にもなんか食えるものくれるか？」

レッツェが戻ってきた。

すぐに席には着かずカーンのいる暖炉に近づき、抱えていた服を伸ばして干し始めた。水の中にでも入ったのかな？　今日、寒いのに。

日本と違ってカヌムは四季がはっきりしない。季節がというか気温がかな？　夏なのに急に寒くなったり、冬なのに急に暑い日が来たり、明日の気温に油断ならない感じ。

「待ってた」

そう言って、レッツェの席を作る。温かいものの方がいいよね？　グラタンいっとくか。

「マメだなあ」

レッツェが干したズボンにブラシをかけているのを見て、ディーンが感心する。

「そこはディーンが大雑把なんだと思うよ！」

クリスのツッコミ。

思わず視線を逸らす俺。ブラシかけなんかやってないよ！

「レッツェはマメだっていうのには同意するけれど、ブラシはかけた方がいいわよ？」

ハウロンがオネェの力を発揮する！

俺は聞いてないふりをした！

「カーンとアッシュはかけないと思うけど、それは執事やお付きがするからだと思うよ！　王《おう》狼《ろう》だって、自分の服の手入れをしていたのだよ！」

ディノッソの話を持ち出して、一層キラキラするクリス。

「ええええっ！　王狼が!?」

そしてすぐ影響されそうなディーン。

ディノッソは家庭的ないいお父さんだからな。ブラシ、ブラシをかけないの、少数派なの？　ダメな感じですか？

「美味《うま》そうだな」

手入れを終えたレッツェが、席に着いてスプーンを手に取る。

グラタンは表面全体に焼き色、大きめのマカロニの端が不揃《ふぞろ》いに少し飛び出し、粉チーズを被《かぶ》った先が濃いめに焦《こ》げている。

マカロニは水ではなく牛乳で茹《ゆ》でたので、よくグラタンのソースと馴染んでるはず。ホタテの貝柱入り。

ワインと焼いた厚切りハム、サラダ。サラダはシンプルなやつにスナップエンドウを添えたやつ。コーヒー。

「あー！　ジーン、俺もハム焼いたやつ食いたい！」

ディーンはまだ腹に入るらしく、リクエストが来た。

地下からディーンとクリスが持ってきた新しい酒が開けられ、俺もつまみを追加。カーンも赤ワインと厚切りハムを楽しんでいる。完全にワインが主体だけど。

「美味かった。で？　何に困ってたんだ？　というかなんの話をしてた？」

お代わりのスライスしたパンを食べながらレッツェが聞いてくる。

「『青の精霊島』の話よ。領主が商会もやってるんだけど、そことの取引を持ちかけられたのよね」

ハウロンが説明のターン。

「ああ、あの島か。商会は表の顔を前面に打ち出してるんだろ？　ナルアディードの商業ギルドと海運ギルド、両方と直接取引があるって話だし、裏の話は知らぬ存ぜぬしときゃいいんじゃねぇか？　ただ、こっちまで噂が入ってくるんじゃ、だいぶ派手だ。どっちかってぇとシュルムが取引にちょっかい出してこねぇか、そっちの方が気になる」

コーヒーを飲みながらレッツェ。

「問題が出たら揉み消されるか、大した罪にはならないってことはわかるけど、建国した途端《とたん》、暗殺者に国内で仕事をされたら困るのよ」

ため息を吐くハウロン。

裏が問題になるなら、同じく取引したナルアディードの商業ギルドと、海運ギルドも問題になる——だからそれは両ギルドによって揉み消されるか、大した罪にならない落としどころに落ち着くってことかな？

「島って、カヌムにそんなに情報が入ってきてるのか？」

そっちにびっくりなんですが。

「カヌムにっていうか、ノートが気にして収集してる」

ああ、うん。同業他社疑惑で。いや、うちは暗殺業してないけど！　執事は個人事業主っぽいけど！

「……とりあえずノートを呼びましょうか」

にっこり笑うハウロン。

「呼んでこようか？」

「いいわよ、精霊に呼ばせるから。ついでにディノッソも」

席を立とうとしたクリスを止めるハウロン。

えー。全員にバレるの？　俺のやりたい放題の島。レディローザの件も片付いてないのに。

ナルアディードに持った商館でやりとりする分には大丈夫だと思うけど、島の中は怪しいんですけど。できれば色々落ち着いて、安全だと言えるくらいになってからオープンにしたかった。

もぞもぞしていると、レッツェにほっぺたを引っ張られる。なんですか？　何がバレたんですか⁉

「城塞《じょうさい》都市で、服を安く売ってるとこ知ってるか？」

が、特に何も言わず、酒を飲みながらクリスとディーンの方に話しかける。

「ギルドの店が確かなんじゃないかい？　私はこうだからね、他は詳しくないよ」

袖《そで》のフリルをひらひらと揺らしてみせるクリス。

冒険者は自分を売り込むために、個性的な格好をしていることも多い。レッツェみたいに実用第一みたいな人が大半ではあるけど、魔物の数が多くて乱戦の時とかは目立ってないとね。名前も覚えてもらいやすいし。

こっちではカラフルな服は高い。染料《せんりょう》が高いんでそれは仕方がない、俺も貝から採ろうとして、使う貝の量にびっくりしたし。

でもカラフルな中でも、色落ちが早いのは値段が落ちる。すぐに装備を傷《いた》めてしまう冒険者は、そっちを使う。

今は青が流行《はや》りなんで是非《ぜひ》！　高いけど！　特に島で作った青い布はとても高いけど！

「布ならオル、革ならボンの店じゃねぇ？」

ディーンがジョッキを空けながら言う。

「やっぱりその2店か。ありがとう」

どうやらレッツェも知っている店らしい。

クリスとディーンは城塞都市に行くことが多いので、何か新しい情報がないか、確認のために聞いたのだろう。

「服買うの？」

「今日ちょっと、魔物の体液がついてな。人間の鼻には臭《にお》わねぇが、さっき確認したら雨じゃねぇ染みがあった。臭うと特定の魔物が寄ってくるんだよ」

そう言って、椅子の背にかけられたズボンを見る。

暖炉を挟《はさ》んでカーンと椅子。ちょっとシュール。

「あれは乾いたら、魔物寄せの道具屋に売り払う」

「なるほど」

それでブラシがけして確認してたのか。

泥とか埃《ほこり》を落としてるのかと思ったけど、よく考えたら、それは乾いてからだ。ゴミをどけつつ、普通の水濡《みずぬ》れと体液を確認してたらしい。

この世界は、ものが溢れる世界というわけではないので、リサイクル率が高い。使わなくなったものは大体どこかで買い取ってもらえる。服の類《たぐい》は傷んだ部分を避けて継ぎが当てられたり、仕立て直されたりして、古着屋に並ぶ。古着にすることもできなくなると、細く切られて編み直されたり、とことん使う。

ものによっては精霊が頑張ってて、なんでこれだけ豊富なの？　っていうのもあるけど。紙とかね。中原の農作物もそうだけど、精霊が存在してるんで、地質とか気候条件とかを無視した事態が普通に起きる。

「あー……。スカーの季節か。俺も気をつけよ」

ディーンがレッツェの言う魔物に思い当たったらしく、ちょっとげんなりして酒を呷《あお》る。

「スカーって？」

「特定の場所に出る魔物なんだが、毒液を吐いてマーキングしてくるんだよ。毒自体は半刻ほどひりつく程度だが、同じスカーと、少し大きい別の魔物が臭いに釣られて寄ってくる」

「そこでこの時期に生える薬草があるんで、依頼が来る。たくさん生えるんだが、生える期間が4、5日ってぇ短さなんで、割と冒険者総出っぽくなる」

レッツェの説明にディーンが付け加える。

「採取しても次の日には生えてるしね。——レッツェみたいに気がつくならともかく、飛沫《ひまつ》なんかに気がつかないのもいるからねぇ。乾くとわからなくなるし。こっちには大きめの魔物を狩る仕事が回ってくるのだよ」

クリスも。

薬の材料とかなら、俺も場所を教えてもらって少し採取しとこうかな？

「自分に臭わなくても、臭ってると思うと嫌だ」

「……」

ディーンの言葉に、思わず足と脇を見る俺。

今日も元気に足に抱きついて、くんかくんか嗅いでる精霊と、脇から顔だけ出してご満悦のトカゲくん。いや、うん。風呂の頻度は俺からすると低いけど、水浴びは1日1回以上してるんだよな。

薬草の生えてる場所や、スカーのいる場所、採取の注意点、最近の冒険者ギルドの様子を聞く。俺は知らないことばかりなので、質問にはこと欠かない。

回復薬の納品で冒険者ギルドにも商業ギルドにも通ってるけど、討伐や採取の仕事からは足が遠のいた。

だって、いい依頼は朝一で——朝はリシュの散歩と畑の手入れで忙しい——見に行ったりしないといけないし、討伐は他の冒険者と——戦ってる姿はあまり見せたくない——かち合ったりするから。

俺は対話しなければ印象に残らないとはいえ、目の前で魔物が倒されるとか、何かインパクトの強いことがあると認識される。

認識といっても、そこに人がいるとかいたとかそんなので、事象や出来事の方がってことだけど。

熊を運んでた時とかね、俺の顔は残らないけど熊の足はよく覚えてるとか、そんな感じ。ナルアディードで鞄《かばん》を見せびらかしてた時もそう。商売に興味がある者が、鞄に釣られて何人か話しかけてきた。

気を引くものというのは人によって違うから、気をつけなきゃいけないけど。まあ、普通の格好をして普通のことをしてれば、ほぼ認識されない。背景と一緒。

俺もグラタンをぱくり。マカロニは硬すぎず、ほどよい弾力ともっちりさ、ソースがよく絡んで熱々《あつあつ》。パルメザン粉チーズを表面にたっぷりかけて、ちょっと表面をさっくりさせた。

こっちに来てからいろんなチーズを食べるようになったけど、料理に使うのは日本で食べ慣れたものが多い。で、酒の肴《さかな》目的の料理だと、臭いにも味にも少しクセのあるチーズを合わせる。

「お邪魔します」

飲みながら話していると、ノックの音がして執事とディノッソが入ってくる。

「来たわね」

悪い感じの笑顔のハウロン。

「引っ張ってこいって言うから引っ張ってきたが、なんの話だ？」

ディノッツォがハウロンに向かって言う。

どうやらハウロンの精霊は、執事の回収をディノッツォに頼んだ模様。

「あ、ごめん。俺の家、鍵《かぎ》開けに行けばよかった」

忘れてました。

俺の家を通り抜けないと、ディノッツォはだいぶ回り道になる。元々、通りだった場所を塞《ふさ》ぐようにというか、塞いで建ってるからね。

「平気、平気」

そう言ってディノッツォが、俺の出したワイングラスを受け取る。

執事の分も渡して、酒と料理を追加。

「ナルアディード近くにある暗殺島について、知ってる情報を全部出してちょうだい」

席に着いて、ディノッツォと執事が酒を一口飲んだところでハウロン。

「ぶぼっ」

「……」

噴き出すディノッソ、視線をついっと逸らす執事。

なんですかその反応は。

「何よ、その反応？」

同じことを思ったらしいハウロン。

「……黙秘いたします」

笑顔の執事。

「黙秘って何よ？　ジーンに少し話してあげて。直接付き合う人がいい人だからって、裏にいるのがいい人とは限らないのよ」

裏（？）にいるのも悪い人じゃないです。いい人だとは言えないけど、悪くないジャッジでお願いします。

「アタシだって、後ろ暗い目的で人を動かすなら何人か仲介させて、全く何も知らない人に実行させるわよ？　アナタがそのうちの1人になってないと言い切れる？　疑り深そうでいて、一度気を許すと簡単に信じちゃうでしょう」

ハウロンの心配は、カーンの王国だけじゃなくって、俺のこともののようだ。

確かに、例えばオルランド君とかが誰かに騙されて、いいことだと思い込んで提案してきたら、俺も乗ってしまうかもしれない。

でも今回、大元《おおもと》が俺なんで表も裏も関係ない感じでこう……。

「……今回は裏にいるのも無害だから受けとけ」

ため息を吐いてレッツェ。

バレてる気配!?

「レッツェも何か知っているの？」

ハウロンがレッツェを見て、情報源っぽい執事を見て、と2人の間で視線を彷徨《さまよ》わせる。

「秘密基地は見ないふりをしてやるのが、いい親ってもんだ」

グラタンのソースを絡め取る手元を見ながらディノッツォが言う。

お父さん!?

「絶妙に作っちゃまずいところに作るのが子供だがな」

サラダをつつくレッツェ。

お母さん!?

じゃない、兄貴!?

「海の向こうは範囲外でございますので……」

穏やかな笑顔を浮かべる執事。

執事!?

――いや、執事は執事だった。

「……」

ハウロンが固まっている。

俺はどうすればいい？　バレてたのは想定内ですって顔しとけばいい？

「貴様か……」

カーンが腕組みをほどいて、片手で自分の額を掴《つか》む。

掴みやすそうな額だし、手も大きいからジャストサイズだよね。

「イメージが、間に暗殺者を挟んでなお、気の抜けた島に……」

深いため息を吐いて俯《うつむ》くハウロン。

「なんだい？」

「ジーン、どっかに秘密基地作ったのか？」

クリスとディーンがピンと来ない顔。

いいんです。普通はそれくらいだと思うんです。だって、山を越えて海の向こうだよ？　ハウロンは行ったことあるだろうし、執事もディノッソも行ったことありそうだけど、レッツェに至っては行ったことないのになんでそんな詳しい？

実は千里眼《せんりがん》のスキル持ちとか？　いや、執事が集めた情報を全部聞いてるのか……。レッツェは安楽椅子探偵なの？　現場に行かないで与えられた情報のみで事件を推理する探偵？　隅の老人？　黒後家蜘蛛《くろごけぐも》の会の給仕さんなの？

「いいわよ、アタシも知らないふりするわよ。まったく、黒幕が猫だったってくらい脱力するわ……」

頭を抱えてハウロン。

「う。聞けねぇ雰囲気」

「大人なら追及するな、ってことかい？」

「自力で理解しろってことかよ」

小声で話すディーンとクリス。

ありがとうございます。でもなんか納得いかないぞ!?　バレてるぞってはっきり言わないだけで、バレてるよね？

「あ、猫といえば。島の商館が嫌なら、間に茶色さん挟んでやりとりする？　結構有名な猫らしいし、信用にはなるんじゃないか？」

猫船長に、カーンとハウロンのところにメール小麦を運んでもらうよう交渉しよう。契約があるから、ソレイユの商会に一度引き渡さなきゃいけないんで、ちょっと手間《てま》だろうけど。

「……」

ハウロンが顔を上げて、半眼でこっちを見る。

「あ、ごめん。猫船長って心の中で呼んでたんで、間違えた。キャプテン・ゴートさんです」

親山羊さんです。

キャプテン・キッドってこっちで聞いたら、確実にキャプテン子山羊って聞こえる自信がある。

「有名どころじゃねぇか」

杯《さかずき》を置いてこっちを見るディノッソ。

あ、やっぱり、ディノッソってナルアディードに行ったことありそう。というか、ディノッソの家はタリア半島の山の中にあったし、移動ルート的に寄ってるな。カヌムに来るために無茶な山越えをしてきたけど、元々カヌム《こっち》で活躍してたみたいだし、こっちからタリアに行った時は寄るのが順当だ。

「そのご様子ですと、キャプテン・ゴートが精霊に呪われ、猫の姿に変わったという噂は本当でございましたか」

「立派な虎猫でした」

感心なのか納得なのか、微妙な声のトーンの執事に答える。

「あんま交流範囲を広げられると、捕捉しきれなくなるんだが。ジーンの場合は、相手が派手で情報を集めやすいところがなんとも言えねぇな」

レッツェが呆《あき》れたように言う。

レッツェが捕捉しきれないことってあるの？　ハウロンのように現地に行けるわけでも、精霊を使えるわけでもないのに。執事から手に入れてるっていっても限度があるよね？　一体どんな情報網なんだろうと不思議だけど、レッツェが高い山脈の向こうの情報を手に入れているってことは間違いなさそう。

「メールの地からナルアディードまで、メール小麦を運ぶのもキャプテン・ゴートなのね……？」

「はい」

ハウロンの理解が早くて助かる。

「一応、両方と会わせてちょうだい。それから決めるわ」

「はい、はい」

前向きにご検討、ありがとうございます。

「で、エス川の運搬はどうする？」

いくら大きい川とはいえ、途中に浅瀬や、滝まではいかないけど小さな落差もあるので、それを避けなくちゃならない。

猫船長の大きな船では無理だ。まず底がつかえるし、対岸が見えないような大河も、遡《さかのぼ》れば相手の声が聞こえるほど川幅が狭い場所もある。

逆にエスの川船は、頑張ればナルアディードまで来られるけどね。ナルアディードとエスの間の海は大きいけど内海で穏やかだし。ただ、川船は小さいし、海を進むには効率が悪い。

「そっちは目星《めぼし》をつけた荷船屋《にぶねや》が2つほどあるわ。でも、ちょっと今は買収する余裕も人をつける余裕もないから、普通に運搬を依頼するつもりよ」

ハウロンが言う。

「了解。ソレイユも伝手はあるって言ってたから、選んだ2つともがピンと来なかったら声かけて」

「わかったわ」

川船はとりあえず、これでよし。

「キャプテン・ゴートのところはいつ行く？　今のところまだ船の修理でメールにいると思うけど、出発しちゃったらナルアディード到着まで待ってもらわないと」

契約書があるんで、海峡を進んでる船の上に【転移】しても、それを外部に話せないから平気な気はするけど。あとでほっぺたの人権が蹂躙《じゅうりん》される気配もする。

「アタシは明日でもいいわよ。レッツェの予定はどう？」

「おい、さらっと頭数《あたまかず》に入れるな」

ハウロンに聞かれ、口に近づけた杯を離して半眼のレッツェ。

頼られてますね！

◆◇◆◇◆

翌朝、島に寄って、アウロが手配してくれた食料を受け取る。俺の塔の倉庫に運び込まれたレモンの砂糖漬け、ドライオレンジ、干しリンゴ、ドライトマト、干し肉。目の詰まった麻袋に入れて、積んである。

「昨日の今日でよく集められたな」

猫船長たちへの差し入れです。レモンの一部と、干し肉とリンゴはナルアディードで買ったやつ、それ以外は島と飛び地産。

一応、他の船にもぎりぎり分けられる量。他の船に配るかどうかは、猫船長の判断で、猫船長からってことにしてもらうつもりだ。

船を大破させたってことは、食料も海の藻屑《もくず》にしてる可能性が高い。そうじゃなくても修理で、想定外にメールの地に留《とど》まっている。たぶんご飯足りてないと思うんだよね。

俺が作った料理を差し入れるにはさすがに相手が多すぎ問題。量的にじゃなくって、対象が多いと話がどう転がるかわからないし。

俺のことを喋らないように、契約で縛っちゃったあとならいいのかもしれないけど、本当に漏れないものなのかちょっとドキドキするしね。

猫船長の船からいきなり大量に食料が出てきたら疑われるだろうけど、かといって腹を空かせてるだろう船員を放っておくのも気分がよくない。というか、最悪、食料目当てにメールを襲うこともあるんじゃないかと心配してる。

俺は猫船長以外の他の船員を知らない。それに猫船長だって、自分の船員が飢えで死ぬかどうかの瀬戸際《せとぎわ》とかになったら苦渋《くじゅう》の決断をするかもだし。

——返り討ちで全滅すると思うけど。

蓋《ふた》を開けてみたら食料は足りてて、船に余分なものを積むスペースはないって断られるかもしれないけど。それでも壊血病のことを考えれば、いくつかは受け取ってくれるだろう。

「ナルアディードで手に入らないものはございません。いえ、最近はこの青の島のものを手に入れようと、ナルアディードでも四苦八苦《しくはっく》しているようですが」

にっこり笑うアウロ。

ナルアディードで集めた食料は、島に建築資材を運ぶはずの船に載せて、最優先で運んできたらしい。

「ありがとう」

時間的にも、今の周辺の食料不足からも、結構大変だったんじゃないかと思う。

「些細《ささい》なことでもどんどんお申しつけください、我が君」

いい笑顔で優雅にお辞儀をしてくるアウロ。

「じゃあ行ってくる」

未だに慇懃《いんぎん》に接してくるアウロに落ち着かない気分になるので、お礼を言って退散。

◆◇◆◇◆

「おはよう。準備どう？」

待ち合わせの時間だけど、どうですか？

「いいわよ」

笑顔のハウロン。

「こう、なんで俺が」

メールのことを知っているハウロンが提案したのか、今日はレッツェも随分薄着《うすぎ》。

空気を孕《はら》み、そして抜けるゆったりしたズボンに上着、これエスで買ったやつかな？　ハウロンは相変わらずのローブ姿だけど。厚着の中は、精霊で温度調整とかしてそうだ。

「ギルドに依頼出したでしょう？　付き合ってちょうだい、私の心の安寧《あんねい》のために！」

「朝一でギルドに顔を出したら、指名依頼って声がかかって何事かと思えば……」

呆れ顔のレッツェ。

「出したんだ、レッツェに指名依頼」

「ちゃんとお金は払うわよ！」

「カイナからは泣く勢いで受けてくれって頼まれるし、大賢者様の名前は伊達《だて》じゃねぇな」

「ハウロン、姑息《こそく》」

俺もレッツェの隣で一言。

「なんとでも言ってちょうだい。絶対、絶対に今日の私にはレッツェが必要なの！　というか、アナタがそっち側なのはどういうことなの!?」

「一番ここが安全だもん」

絶対領域ですよ。

「アナタにとっての危険って何!?」

「危険というか、その前の段階で変なことに巻き込まれないだろ」

危険は事前回避が基本ですよ、基本。

「アナタがアタシをその変なことに案内しようとしてるのよ、今！　まさに！」

一言一言に力を込めて言うハウロン、朝から血圧が高そう。

「おい、行くなら行こうぜ。言い合いしてると昼になる」

呆れたようにレッツェ。

「はーい。じゃあ【転移】するぞ」

「我が一族の秘術……。もっと進化させたら、便利、便利なのよねぇぇええ」

ハウロンは俺の【転移】で移動を重ねるごとに、複雑な心境らしい。

ハウロンの行う【転移】は、転移先に魔術的な目印を置いて準備してなお、魔力をごっそり持っていかれるらしい。

その目印の場所にしか行けなくっても、すごく便利だと思ってたのに、俺が事前準備なしにどこでもホイホイと【転移】するもんだから、今までの【転移】は……？　ってなるんだって。

落ち込むのと、【転移】の最終形態はこれかと目指す気持ちと、色々ない交《ま》ぜでどうしても呻《うめ》くらしい。たぶん自分で一族の【転移】を、俺の【転移】レベルに持っていけない限り呻くのは止まらないから、放っておいていいと言われている。

俺も事前準備はしてるんだけどね、精霊に名付けて【転移】できる先をせっせと広げる、地道な努力を。机に突っ伏すハウロン相手に言おうか迷ってたら、口を開く前にレッツェに回収されたけど。

「うを、眩《まぶ》しいな」

メールの地に到着した途端、レッツェが目の上に手をかざす。

俺もちょっと目が眩《くら》んだ。本日のカヌムは曇り、さらに薄暗い部屋からの移動となると、結構差が激しい。出たのは港の近くの海が見える場所、メールの街の外だ。

「あー。北の海とは色が違うな」

碧《みどり》と青を混ぜたような、透き通った海。しげしげと眺めるレッツェが言うように、黒っぽい北の海とはだいぶ印象が違う。

「やっぱ、見るのと聞くのとじゃ違うな。基盤がない土地じゃ、あんまり役に立たねぇかもしれないが、来てよかったよ」

レッツェが笑う。

「何よりだわ」

「何よりです」

思わず並んで頷くハウロンと俺。

近いところは透明度の高いエメラルドグリーン、遠いところは真っ青な海。水色の空と白い雲。海はもちろんだけど、薄く刷《は》いたような灰色の雲が多いカヌムとは空も違う。

「爽快《そうかい》だが、ちっと眩しいな」

レッツェが目の上に手をかざす。

いい風景だけど、長くいると疲れてしまう感じかな？　俺も目の色素が薄くなって――黒よりはどの色でも薄い――眩しいって思うことが増えた。暗いと思ってた間接照明を好きになったし。

「猫船長の船に移動しよう。ちょっと先に行って話してくる」

船に向かって歩き出しながら言う。

ここは侵食されたような岩がぽこぽこあるけど、陽が高くて影が短い。背の高いハウロンとレッツェが涼《すず》めるような日陰は、船の中か船の陰しかない。

港では船の修理が続いている。猫船長の船のうち、解体されていた1隻はもう影も形もない。木材に戻ったそれは、加工されて他の船の一部になっている。作業は現在進行形だけど。

「こんにちは」

船の縁《へり》に座っている猫船長を見上げて、声をかける。

「来たのか。仕事に取りかからなくっていいのか？」

仕事とは、セイカイからの頼まれごとのことだろう。

「特に期限は言われてないしね。なるべく早くとは思うから、明日あたり行ってみる。でもまずは――そっち行っていい？　顔合わせしてもらいたい人を連れてきたんだけど」

猫船長の声は、大きいわけじゃないけど不思議と通る。でも見上げて話してるのも疲れるし、何より内緒話ができないしね。

「……上がれ」

ふいっと顎をしゃくって、そのまま猫船長も身を捩《よじ》り、甲板に降りて船縁の陰に姿を消す。

「オッケー出たから上がろう」

レッツェとハウロン、２人を振り向く。

「本当に猫なんだな……」

「噂通り立派な茶トラだったわね」

猫船長がいた場所を見つめて言葉を漏らす２人。

そう猫なんですよ、茶色さんです。あと今思ったんだけど、俺まさか、にゃーにゃー猫語を喋ってるわけじゃないよね？　猫船長、普通に話してるよね？

猫船長は船員さんと意思疎通《そつう》できてたし、大丈夫だと思うけど。今さらながらちょっと不安になった。

縄梯子を登って、甲板に出る。最初に縄梯子を経験した時は、一段足を踏み出すたびに、あっちにむにっとこっちにむにっと伸びて、大変だったなそういえば。

レッツェは器用で、一緒に登ってても大きく揺れないんだよね、縄梯子。力や速さがいらないようなことは、執事、レッツェの順ですごいと思う。執事はなんか別次元、縄梯子は微動だにしない。

「アタシ、登る格好じゃないんだけど」

ハウロンがそう言いながら最後に来る。

確かにハウロンの引きずりそうなローブは、縄梯子に向いてない。大賢者と呼ばれてる割にムキムキだけど。どうやって鍛《きた》えてるんだろ？　俺は腕立てしても一向に筋肉つかないんですが。

「暑いから中に移動な」

そう言う猫船長は、さっきまでの日向ぼっこでぽかぽかに茹で上がってると思うんだけど。

船室に向かう猫船長のあとをついてゆく。

「ここで見慣れない奴を連れてこられると目立ってかなわねぇ。一応もう、契約で縛ったあとだがな。アンタ、なんか移動できる力持ってるんだろ？　他人まで一緒に移動できることがわかったら、ロクでもないのに捕まるぞ」

前来た時に案内された部屋に着くと、ベッドサイドの引き出しみたいなのに飛び乗って言う。

そこが定位置？

前回と違って、具合の悪そうな女性はベッドにいない。多少よくなって移動したのか？　あの具合の悪そうな姿が視界に入ってもソワソワするけど、急に姿を消されてもソワソワする。

「ああ。そこに寝ていた女なら、だいぶよくなったんで追い出した」

ふん、というような顔をして猫が言う。

どう考えても怪しい俺から、女性の壊血病を治すことを条件に、こっちの条件も聞かずに仕事を受けるつもりだったくせに。素直じゃない。

「バレバレよね……」

そう、素直じゃないのがバレバレ！　ハウロンの言葉に頷く俺。

「認識されたあとはダダ漏れだな」

レッツェにも――俺のことか⁉

大丈夫です、全部ハウロンに押しつけていいはずです。

「アンタがこれの師匠とやらか？」

ハウロンを見て猫船長が言う。

レッツェは一歩下がって、ハウロンの斜め後ろ。体半分、いや4分の1くらいハウロンの陰になるようにした、微妙な立ち位置。知らない人の前とか、冒険者ギルドとかでは、大体こうだ。もしかして目立たないの目指してる？

「そう、よ」

笑顔を作るハウロン。

ちょっと、そこははっきり言ってもらわないと！

「アタシはハウロン、キャプテン・ゴートが運ぶメール小麦の一部はアタシの元に届く。――大賢者や大魔導師って呼ばれるわ」

さくっと身分を明かすハウロン。

取引するんだし、名乗るのは妥当だよね。カーンの国は大賢者が所属する国ってことで有名になると思う。

カーンがどんな人か知ったら、すごい！　ってなるんだろうけど、今のところハウロンの方が知名度ははるかに上だ。

「なるほど、大賢者ハウロンか」

あ、猫船長、あっさり信じた。

「俺は知っての通り、キャプテン・ゴートだ。お目にかかれて光栄だが、半端に師弟関係でいるってことは、やっぱり大賢者でも縛れてないんだな」

猫船長が耳を少し伏せ、すぐに戻す。

「縛る？」

ここでレッツェ。

「大賢者ハウロンは精霊を術でもって縛り、使役《しえき》するって聞くが違うのか？」

「違わないけれど、一体何が縛れてないというのかしら？」

あ、ハウロンちょっとむっと来てる？

「精霊王を」

猫船長が言う。

「さすがにそんな存在には手を出さないわよ？」

ハウロンが眉を寄せる。

その話、まだ生きてたの⁉　というか、俺の認識が、精霊を配下に置く人から、精霊になってない？

はっ！

レッツェが俺のほっぺたをつねりたそうな気配！

「色々な経験を積んでいるのでしょうけれど、キャプテン・ゴートにとって精霊王がどういうものなのか教えてくれるかしら？」

ハウロンが唇だけ笑ってる。

精霊だろうが大精霊だろうが神々だろうが、結局人が都合よく呼んでるのが精霊に伝播《でんぱ》してるだけだと思うけどね。神殿の関係者や為政者《いせいしゃ》が、それぞれに都合よく脚色、でも見えない人も多いし、人の認識も一定じゃない。

精霊自体も人の影響を受けやすいものと、全く人と関わらずに存在しているものでは、それぞれの認識が変わりそうだし。そもそも精霊って気まぐれだし、いろんな存在があるから、はっきりまとめられないと思う。

「神クラスの精霊を複数生み出し、眷属としている精霊、強大すぎて直接人間と関わらない存在――。いや、最近流行りの説は、人間か精霊かは関係なく、強大な精霊や眷属を多く従えているかいないか――。まあ、まるっとまとめてこいつだ」

セイカイの言った精霊王の定義をなぞりながら、猫船長が俺を見上げてくる。

まとめるのやめてください。

「……最後まで言えるってことは、アンタらはコレがどんなもんか知ってるってことだな」

フンスと鼻を鳴らして猫船長が言う。

たぶんこれ、人間でやったら格好いいのかもしれないな？　でも今は猫だからね。

「契約の沈黙の誓いか」

レッツェの呟き。

猫船長との契約書には、当然ながら俺について口外しないという条項がつけてある。これは取引上知り得た情報を口外しないとか、普通の契約でもよくある条項で、レッツェの言う沈黙の誓い条項とか、そんな感じで言われてるみたい。

書き加える条項次第だけど、大抵は上位の契約者相手になら話せるようになってる。例えば猫船長は俺と契約してるけど、商売上のことをソレイユと話せなかったら困るからね。逆に間のソレイユは、猫船長相手に話せることが制限されてる感じ。

「……」

ハウロンが固まった笑顔を俺に向ける。

な　に　を　し　た　の　？

聞こえる、聞こえる、ハウロンの心の声が！

「俺は何もしてないぞ。船長と契約した時、ちょっと海の精霊が出てきて、俺を精霊王呼ばわりして消えてっただけだ」

普通に契約しただけです。

「……」

ジト目で見てくるハウロン。

「そりゃ、ちょっと契約相手が猫だったんで、猫型チェンジリングか何かかなって思ってたけど――。結局、別件だったし」

守護してくれてる神々の誰かが出てくるかな～って半分思ってたけど、出てきたのは他の理由だし、予想外の精霊だったし。

「……このあたりの精霊というと、よく見かける海の精霊は除くとして、まさかナルアディードに祀《まつ》ってある海神セイカイじゃないわよね？」

ハウロンが笑顔で確認してくる。

叫べないハウロン、なんか強いぞ⁉

「俺は別件の方が気になるがな」

ボソリとレッツェが言う。

「そう、急ぎの用件があるんで、顔合わせも終わったことだし。あ、帰る前に、食料渡しとく。他の船に配るか配らないかは船長に任せるけど、出所は誤魔化して。――どこに出したらいい？」

笑顔で一気に言い切る俺。

余計なことは話させないし、聞かせない強い意志！　推定無罪の法則もあるし、ほっぺたは免《まぬが》れたい。

「食料はありがてぇが、契約の時になんか出てくるのはデフォなのかよ」

半眼の猫船長が尻尾の先を小刻みに振っている。

猫船長察しよすぎない？　あと俺には関係ないけど、って語尾につきそう。

猫船長の案内で船倉に移動する。船内を歩いてたら、前回の無口な船員さんが黙って合流してきて、黙って扉を開けたり明かりを灯《とも》したり、進みやすいように色々してくれる。

船の中に船員は少ない。こっちの船は先に直したのかな？　もう片方の大破した方の船を直すのに忙しいんだろう。

「なんか動物飼ってるの？」

少々臭うような？

「俺の船は外洋にも行くからな。遠出するときゃ、ここで山羊飼ってるんだよ。うちの船員はマメで手入れもしっかりやるが、どうしたって臭いは染みつくな。商品《こむぎ》を載せるのは別な区画だから安心しろ」

猫船長が説明してくれる。

「なるほど、新鮮な乳《ちち》と肉か」

レッツェがあちこち視線を彷徨わせてる。

カヌム周辺だと見られるのは、魚を入れる場所がついてる川船くらいだしね。俺もこんなでっかい船は珍しいからきょろきょろする。

「空気が凝ってないわね？　精霊かしら？」

「まあな。俺の友は風の精霊だ」

「なるほど、それでアナタの運ぶ荷は評判がいいのね」

「荷運びは資金作りのためで本業じゃねぇがな」

ハウロンと猫船長の会話、荷物の評判いいの？

「小麦も湿気《しけ》ってるより、風通しがいい方がいいだろ。船倉ってのはじっとりしてて、カビ臭えってのが普通だ」

レッツェが教えてくれる。

「甲板に積む船も多いんだが、海が荒れれば荷を失う確率も高いし、波を被ったら台なしだ」

「なるほど」

レッツェ、ちょくちょく海に来てる俺より詳しいな？

「腹が減ってメールの街から略奪するとか危ねぇことを言い出す前に、他の船をさっさと契約で縛ったはいいものの、うちの手持ちを配っても微妙に足らなかったからな。感謝する」

船倉に食料を出すと、猫船長にお礼を言われる。

「アンタとの契約で、他の船の連中も死なずに済んだ」

メール小麦を運ぶ契約には、メール人に危害を加えないというか、尊重するみたいな文面が入ってるからかな？　猫船長と契約を結んだ時点で、メールに手出しできなくなったわけだ。

まあ、メール人って絶対強いし、穏やかだけど、一線を越えたら容赦しない雰囲気だったしね。じゃないと、麦が採れる豊かな土地で無事でいられるとは思えないし。そういう意味じゃ、人間って信用ならないから。

略奪なんかしたら、たぶん無事じゃ済まないのは人間の方。

他にカーンの国への輸送のことや何かを軽く話して、カヌムに帰還。帰還した途端、ほっぺたが伸ばされました。ひどい。

3章　セイカイの頼みごとと海中散歩

「ハウロンがこうなることは予想がついたろ」

突っ伏しているハウロンに目を向けながら、レッツェがため息を吐く。

確かにレッツェはともかく、ハウロンは叫んだり倒れたりするかなーとはちょっと思った。同時に、レッツェがいれば大丈夫だとも思ったんだけど、そうか、人前だとフォローに限界があるんだ。というか、人前だと叫ばないいんだ？

カヌムに戻るなり、ハウロンは机に突っ伏してピクリとも動かない、気力を使い果たしたようだ。叫ばないとこうなるんだ？

「お前、忘れてるかもしれねぇが、俺と違ってハウロンはお前の能力のことなんかを話さない、予想させるような行動をしないってぇ誓文《せいもん》で縛られてんだ」

「あ。そういえばルゥーディル出たね」

ちょ、ほっぺた、ほっぺたの解放を求めます！

「猫が聡《さと》すぎてやばいってのもあるんだろうが、精霊王なんて想定外の話を持ってこられると動揺するだろうが。ちゃんと前振りしとけ」

「はい」

猫船長の「どんなもんか知ってるってことだな」というのと、「契約の時になんか出てくるのはデフォなのかよ」というので、もしかして精霊から何かペナルティをもらっている、のか？

「ハウロン大丈夫？」

「……心身ともにダメ」

ダメだった！

「とりあえず、昼。温かい小鍋《こなべ》にしようか」

あとで誓文、解こう。

島に行ったら、ソレイユと2人で大変なことになりそうだし。そう思いながら遅めの昼をテーブルに出す。

「ハウロンについてはカーンがいることだし止めねぇが、すぐに信頼して縛りを緩くすんのは自重しろよ？　その前に沈黙の誓いがあるからって、契約相手にほいほいバラさないこと」

そう言ってレッツェがお茶に手を伸ばす。

「はい」

ハウロンの誓文を解こうとしたの、なんでわかった!?

顔、顔なのか？　もしかして、ほっぺたがレッツェに寝返って情報を渡している？　いや、さすがにそれはないけど。

人数分の小鍋は、焼きネギと豚バラならぬ猪《いのしし》バラ。豆腐《とうふ》とキノコも入ってるけど、ネギが主役な感じ。他に茶碗蒸しとホウレンソウのお浸《ひた》し。

「美味いな。ネギに染みた脂《あぶら》が甘い」

「うん、いい具合。しつこくない脂だよね」

突っ伏したハウロンの横で、小鍋をつつく俺とレッツェ。

「……魔石、ちょうだい」

突っ伏したままハウロンがこちらに手を伸ばす。

「ん？　魔石？」

【収納】から取り出して、適当な大きさの魔石をハウロンの手に載せる。

赤黒いけど、陽に透《す》かすとオレンジ色が炎のようで綺麗な魔石だ。その魔石をぐしゃっと握り潰《つぶ》すハウロン。握力《あくりょく》いくつ⁉

さらさらと指の隙間《すきま》から、形と色を失った魔石がこぼれ落ちる。

「はー。とりあえず魔力の枯渇《こかつ》からはギリギリ回復できたわ」

むくりと身を起こすハウロン。

「枯渇してたの？」

「キャプテン・ゴートが気づいた時点で、ごっそり持ってかれたわよ。よかっただわ、そのものズバリな秘密がバレたんじゃなくって。それに、ペナルティが猫になる呪いとかじゃなくって」

深いため息を吐いて、お茶を飲む。

「あんた、誓文に保険かけてたな？」

「項目を増やした時に少し、ね」

レッツェに向かって肩をすくめてみせるハウロン。

「というわけで、誓文や契約も万能じゃないから油断しないようにね」

今度は俺に向かってウィンク。

「さすが大賢者、汚い」

「保険かけたのにルゥーディル様がお出ましになったせいで、大して効いてないのだけれどね」

小さなおたまを手に取り、小鉢《こばち》に具を掬《すく》い取る。

ハウロンは猫舌らしく、少しずつ冷ましながら食べる。

「あら本当、肉そのものよりネギとキノコが美味しいわね。この白いのはトウフだったかしら？」

「うん」

『食料庫』の豆腐だ。

大豆も作ったんで、そのうち豆腐も手作りにチャレンジしよう。

大豆も広げたいんだけど、困ったことにカヌムも島も大豆が育たない。大豆とかの豆科と共生してる根粒菌《こんりゅうきん》を先になんとかしないといけないみたいだけど、あいにく『食料庫』には根粒菌なんてなくってですね……。俺の『家』の畑は、精霊頼みでなんとかなっちゃったけど。

「でもちょっと物足りないわね、パンをもらえるかしら？」

「具を食べ終えたら雑炊《ぞうすい》にするから」

鍋といったら、最後は雑炊とかラーメンとかうどんとか。今回は洗って粘《ねば》りを落としてさらっとさせたご飯投入、卵投入！

これがまた美味しい。ふわっと表面に混ざった卵、溶け出した脂と焼きネギとキノコの旨味《うまみ》、幸せ。

「ジーンがお米作りをリクエストしてくる気持ちがわかるわ」

ハウロンも結構和食を気に入ってくれている。レッツェの次くらい？

アッシュも俺が出したものは構えずに食べてくれるけど、ワインと肉みたいな、こっちの世界でオーソドックスなものの方が落ち着くみたい。代わりに甘いものは幅広く喜んでくれるけど。

「で？　別件ってなんだ？」

レッツェが茶碗蒸しを食べながら聞いてくる。

「なんかナルアディードのある内海に、火の精霊が転がってて、セイカイが腹痛なんだって」

「ぶぼっ！　ゲホッゲホッ！」

「ちょっ！」

おじいちゃん大丈夫⁉

ハウロンが雑炊を噴き出して咳《せ》き込み始めた。レッツェは両手に自分の料理を持ち、椅子を後ろに引いて華麗に退避している。

「悪ぃ、聞くタイミングを間違えた」

その体勢のまま、ハウロンに謝るレッツェ。

「ゴホ……ッ。アナタ、神と呼ばれる精霊の頼みを後回しにしてるの⁉」

咳き込みながらハウロンが言う。

「別に期限切られてないし、猫船長のご飯の方が切実そうだったから。ご飯食べたら様子見してくるよ」

ネギと猪肉の小鍋、卵雑炊、茶碗蒸しで暑くなったところで、ソフトクリーム。

ノーマル、キャラメル味、カカオを混ぜて作ったワッフルカップ、そこにミルクソフトクリーム。自分で作ると色々試せて楽しい。今回はとりあえずノーマルを出してるけど、カカオ味のカップにベリーのソフトクリームも美味しかった。

「なんで、隣町の親戚の爺《じい》さんの具合がちょっと悪い、みたいな反応なの⁉」

「やたら具体的な例えだな、おい」

レッツェが小声で突っ込む。

「セイカイ、上はムキムキだったし、下もよく喋ってたし……」

親戚どころか知らない相手なんで、反応が薄くなっても仕方ないと思います。

「上とか下とか言わないで！」

キッと俺を見るハウロン。

「国単位への影響力を持つのが、神と呼ばれるんだろ？　あの地方のここ数年の旱魃ってのはそれが原因か？」

レッツェがハウロンを無視して聞いてくる。

「たぶん？　セイカイも、自分はちょっと我慢すればいいけど、人間は色々やばいだろって言ってた」

精霊は大抵自分のことだけだけど、セイカイみたいに、周りに気を配ることができるのが神なのかもしれない。

「なら一刻も早く解決しなきゃじゃない！」

割とハウロン、勇者脳だな？　勇者でも姉たちってことじゃなくって、無償で人のためみたいな物語の勇者《ヒーロー》。

ソレイユは、心配しつつも商売に繋げようとする逞《たくま》しさがある。自分も儲かって、相手も助かるなら言うことないし、俺もそっちの方が理解できる。

「あの辺が落ち着いて国力を回復してくれないと、こっちもやりづらいのよ。国《うち》が安定してれば、弱いところにつけ込むなり、やりようはいくらでもあるけど、まだ全然だし。食料を流したとして流しすぎると、国土ごと自分のものにしようとするアホとかが出てきそうな規模なのよね……」

ため息を吐くハウロン。

カーン王国のためだった。

国民が数人しかいないしね。食べることに切羽《せっぱ》詰まった国や人は、何をするかわからないし。自分だけが飢えているならともかく、親しい人が飢えていたら、「いい人」もどちらに振れるかわからない。

衣食住……いや、衣食足りて礼節を知るっていうのはよくわかる。こっちに来た当初、俺も食うことしか考えてなかったし。ピンチの時こそ人間の本性が出るって言うけど、ピンチを作らないよう整える能力も大切だと思う。

「いちいち返り討ちにするのは面倒だし、それで後々《あとあと》しこりを残してもやりづらいでしょうし……」

机に懐いたように突っ伏して、ハウロンが言う。

まあうん、ハウロンも強いだろうけど、守りは完璧だからね！　エスが荒ぶったり、わんわんが吠えたりするだろうし。

「今、小国の有能な官吏《かんり》をまるっと引き抜けそうなのよね。他国に踏み込まれる前に決断して欲しいんだけれども、欲しい人ほど国民が困らないために踏みとどまってるのよね」

ハウロンはぶらぶらしているように見えて、カヌムで中原の情報収集をしている。それだけじゃなくって、色々仕込んでもいるみたいだけど。どっちも精霊を使ってやってるので、大体本人はここで机に懐いている。

山脈を越えて、海を越えた場所まで行っては、さすがに精霊たちも縄張り違いだしね。だらだらして暇なようでいて、安全なカヌムで色々画策してる悪の親玉みたいなことをやってる。

カーンも1日中暖炉に張りついてることが多いけど、ハウロンよりは動いてる。現代を自分の目で見て知るっていう目的もあるけど、自由にあちこち行けるのが嬉しいんだと思う。

暖炉の前にいる姿と、砂漠で初めて会った姿からすると、元々はどっしり構えてるタイプなのかな？

ハウロンが直接動かないのは、精霊を使ってるのもあるけど、カーンの方に忠誠を集める目的もあるんだろうって、レッツェが言ってた。大賢者の名に惹《ひ》かれる人は多いんだそうだ。カーンを見れば、カーンが只者じゃないことはわかると思うんだけど。

「これから様子を見に行って、解決できるようならしてくるよ。ダメだったら、他で食料の確保頑張る感じで」

人の食べる穀物の他にも、豚なんかの家畜が食べる分もなんとかしないと。

「こっちは、ジーンから小麦を買えば、かえって人を集めやすい状況になるから。だから慌《あわ》てずに」

「慎重に頑張る」

たぶんハウロンの慌てるなは、俺への心配の言葉。

「大丈夫だろうが、あんま無理はすんなよ？　お前が解決するって義務でもねぇし」

「うん。こっちもセイカイに条件出したし、まるっきりのタダ働きじゃないから」

レッツェに答えて考える。

時間かかるかな？　海の中はきっと昼夜ないだろうし、入るのは明るい時がいいけど、入っちゃったら陽の光はきっとあんまり関係ない。夜中までかかっても別にいいか。

「そういうわけで、お弁当を作ったら行きます」

「どういうわけよ⁉」

ハウロンが噛みつくように叫ぶ。

「一緒に行く？」

「ピクニックに行くように誘ってくるのやめろ。死ぬ」

レッツェを見たら、断られた。

「うううっ」

「――死なねぇ自信があるなら止めねぇぞ？」

呻くハウロンを横目で見たレッツェが言う。

「ハウロンはなんか興奮して叫んで倒れそうだからヤダ」

外出先で運ばなきゃいけないことになるのは避けたい。

「……」

ハウロンが黙った。

ソレイユと違って触るところに困るってことはないと思うんで、いざとなったら担いでもいいけど。

「とりあえず、早く弁当作ってセイカイの腹痛取ってやれ」

「はーい」

レッツェに送り出されて『家』へ移動。

帰った俺のところにリシュが走ってきて、直前でぴたりと止まり、くんくんと匂いを嗅ぎ始める。存分に嗅がせて、くしゃくしゃと撫でる。うちの子可愛い。

お弁当はどうしよう、重箱《じゅうばこ》にしようかな？

弁当を作り、飲み物を用意。海中は寒いのかな？　いや、火の精霊がいるから暑いのか。空気の層を作って周りの影響を受けないようにするつもりだし、いつもの格好でいいか。

あとはいざという時に縛るものとかいるかな？　アサスを袋詰めしたらみんなに不評だったし、今回は縛り上げる方向で。

リシュにあげた綱のレプリカを地の民からもらったから、それ持ってくか。レプリカというか、丈夫な綱を目指して地の民が作ったやつだけど、熱にもかなり強い。

あとは出たとこ勝負で、いざとなったら【転移】で逃げる。

「リシュ、行ってくる」

念のため、リシュの水も替えたし、準備ヨシ！

リシュを撫でて【転移】。

◆◇◆◇◆

転移先は、マリナの突端。一応、旱魃の被害が酷そうなところが近いかなって、予想で選んだ。

『風と大気の系列の精霊で、手伝ってくれる人募集！』

声をかけると、ありがたいことにどんどんと集まってくれる。

『……うふっ』

『いや、ちょっと、大物に来られても困るんですけど』

なんか女性の姿——成人女性より二回りくらい小さい？　いやでも、着ている薄物《うすもの》を長くたなびかせていて、袖、裾《すそ》、帯が大気に広がって溶けている。つい人間基準で体の部分だけで大きさを判別しそうになるけど、たなびいてる薄物も精霊の一部なわけで、かなり強大な精霊っぽい。

周囲の精霊は困惑気味なのと傅《かしず》いてるのと、びくびくしてるのとでなかなかのカオス。

誰だか知らないけど、絶対名前ついてるだろ？　セイカイみたいに人から共通で認識されてる名前が。

『うふ』

にっこり笑う精霊。

『困ります』

このサイズの精霊と、契約っぽいことしたら魔力が減る。

さすがに何があるかわからない海底に行くところで、魔力ごっそり減らすのは嫌だぞ？　対応できなかったら困るし、純粋に疲れる。

『うふ』

『うふと言われましても』

と言い返した途端、魔力を持っていかれる。待って、待って、この精霊の名前、もしかして「うふ」？「うふ」なの？

この世界で一般的に知られていても、俺が知らないトラップ発動！　有名どころの精霊はレッツェに聞いて押さえておくべき？　ハウロンに聞いたら、すごくマニアックなやつまで教えてくれそうだ。

でもそこで俺が名前をうっかり復唱して、ほっぺた案件になる未来しか見えないんですけど！

『うふ？』

心配そうに俺を覗き込んでくるうふ。

『いや、まあいいけど。そもそも俺が集めたんだし、ありがとう』

次回はもっと慎重に呼びかけます。

最近、なんか魔力が増えたせいか、契約精霊が増えたせいか、大物が顔を出すことが多くなってる気がする。

『うふっ』

嬉しそうに笑ううふ。

うふの眷属もまるっと俺の精霊になった気配で、大部分の精霊が俺を見つめていたり、周囲をくるくると飛び回っている。いや、これは呼びかけた時にもやってたか。

とりあえず予定を変えるのもやだし、ハウロンに倣《なら》って魔石を潰し、流れ出た魔力を取り込んで回復。魔力の流れがわかれば、この方法で回復するのは難しいことじゃないようです。ただ、魔石を潰す握力が必要になるだけで。

大賢者、握力すごいな？　渡したの確か翡翠のでかいのだよね？　精霊で強化でもしたんだろうって思ったんだけど、そもそも魔力枯渇に近かったみたいだし、素《す》の握力っぽいんだよね……。なんで知識勝負の大賢者やってるんだろう？

握り潰す以外の方法はどうなんだろう？　たぶん手で覆《おお》ってないと、さっさと拡散して集めるのが無理になるかな？　あとでやってみよう。周囲の精霊は喜ぶだろうし。

よし。

『エクス棒、ちょっと手伝って？』

『あいよ、ご主人！』

腰のフォルスターからエクス棒を取り出し、呼びかけると、ぽこんっとエクス棒登場。

『これから海の底まで行って、火の精霊に退去をお願いして、お弁当を食べて帰ってくるんだけど、よろしく』

『よしきた！　海の中の冒険だな！』

張り切っているエクス棒。

『うふ、早速だけど、俺の周りに空気の層を作ってくれないかな？　うん、そう。ありがとう』

層だからそうって言ったわけじゃないぞ？

俺のイメージを読んだのか、特に注文をつけなくても空気が入れ替わっているし、いい感じ。

『深さによっては縮まっちゃうから、その都度空気足してね』

『うふ』

頷くうふ。

さて、海の底ってどうなってるのかな？　海って魔物がいるんだよね？　落ち着いてお弁当を食べられる場所があったらいいな。

『うふ？』

『うん、いい感じ』

足を踏み入れると、海水が綺麗に避《よ》ける。足元に見える貝に触れようと手を伸ばせば、海水は避けずに指先が濡れる。

よしよし、呼吸のための空気の入れ替えはオッケーだし、俺を中心に丸くある空気の層は、三重構造にしてもらったし、深くても大丈夫。一番外側の層はどんどん空気を取り込んで、水圧で圧縮されてもその分大きくする方向で。

『うふ！』

嬉しそうに笑ううふ。

うふ——ウフと精霊たちと、打ち合わせとも言えない打ち合わせをしていると、沖の方からなんか来た。

『カメ？』

『カメだな！　つついていい？』

俺と同じものを見たのか、エクス棒が元気よく言う。

『いや、カメをつつくのはやめとけ』

ウミガメは手足を甲羅《こうら》にしまえないって聞くし、昔話が不穏です。

魔物じゃないみたいだし。

視線の先には2メートルサイズの大きなカメ。戦ったことのあるカメの魔物よりは小さいけ

ど、カメとしては十分でかい。ううん？　これ精霊だな？

『は～。坊ちゃん、精霊王ですか？』

『たぶん？』

『うふ？』

半分海水に浸かってこちらを見上げる、目の前のカメに答える。

『は～。セイカイ様から迎えを申しつけられたカメです。どうぞ私の背にお乗りください』

後ろを向くカメ。名前カメなの？

なんかあれです、後ろにふさふさがついてるカメです。蓑《みの》ガメって言うの？　どうやらこのカメがセイカイの言っていた案内らしい。――俺は浦島太郎だろうか。

『ご主人、迎えだってよ！』

『海の中は時間の流れが違うとかいうオチはないよね？』

『は～。時間というものを気にするタイプの方ですか？　陸と変わらないので安心してください』

カメは気にしないタイプだな？　さては。

鼻から抜ける、間延びした「は～」から話し始めるカメに乗り、海の中にゴー。って、ウフも消えずについてくる。海の中、大丈夫なの？　無理しないでね。

海の中。

進むごとに青が濃くなってゆく。暖かい海らしく、色とりどりの魚、光の届く浅い場所には珊瑚《さんご》や海藻があって、北の湖とはまた違う風景。

さらに深くなると海藻が姿を消し、珊瑚の種類も変わる。……というか、この珊瑚、魔物？　精霊もいる？

魚たちの大群が突っ込んできて、俺たちを起点に2つに割れ、また1つに戻る。

『は～。セイカイ様の命で、他の眷属たちがこのエリアから魔物たちを追い払っています。急ぎだったんで間に合わないのもいますが』

視線の先で、ツノのあるでっかい魚が、がばーーっと、さらにでっかい魚の精霊に飲み込まれている。

先行してる何体かの精霊が、魔物を目の前で追い払ってくれているようです。というか、飲み込んで平気なのか？　平気っぽいな？　気のせいじゃなく、一回り大きくなった。

『大きな精霊、多いな』

魔物もでっかいけど。捕食《ほしょく》がダイナミック！

『は～。海の中はそうですな』

カメが答える。

『大きくても精霊の力はびっくりするほどじゃねぇぜ。海の外と違って、大きさと精霊の力はあんまり関係ないんだ、ご主人』

エクス棒が教えてくれる。

『そうなの？』

エクス棒は豪快に見えて博識。

『うん。大きければ強いってのは、人間の視界が届く範囲での話だな。地中の深いとこなんか、ものすごく小さくって強い精霊がいっぱいだぜ？』

『へえ……』

地中でもぞもぞしてるアリンコを想像しました。

やっぱり人間の思考の影響も受けてるんだな。精霊は人間がいなくっても関係なく存在してるけど、人間の認識は精霊の存在の仕方に確実に影響を与えてる。

影響は与えてるけど、それで制御できるかっていうと別問題だけど。怖《おそ》れとか、自分でも制御できない心の影響もあるだろうしね。

ジャングルの精霊みたいに、人を拒む雰囲気の精霊もいるし。

骨だけの魚の姿をした精霊が隣を泳ぎ、オレンジ色の海老《えび》の精霊が群舞、ぷっくりしたクラゲみたいな精霊が彷徨い、よくわからない深海魚の姿も。

黒と見分けがつかないくらい青が濃くなる頃、色のない細かい光が雪みたいにふわふわと。手を伸ばすと手のひらに染みて姿を消す。どうやら『細かいの』が集まったもの？　膨《ふく》れたもの？　よくわからないけど。

しんとした薄明るい海の中を進む。カメの尻《しり》になびく藻が銀色の気泡《きほう》を散らし、俺を包む空気の入れ替えで、時々こぽりと音がする。

変わらない時間がしばらく続くと、大きな気泡が下から上がる場所に出た。かぎろいが上がるように海水が揺れて見える。色々守られてるので平気だが、ここの海水は沸騰《ふっとう》しかけ？　カメ大丈夫？　茹だらない？

『は〜。ここです。ここの下です』

どうやらカメも大丈夫そう。

深すぎる海の底は、ゴツゴツとした岩に、その岩の間を埋めるさらさらとした砂。穴と言ってもいいような、岩の大きな割れ目がうっすらオレンジに光る。ぼこぼこと大きな気泡が上がり、よく見ると中には小さな精霊。

気泡越しに覗き込む穴の底は、さらに濃いオレンジに歪《ゆが》む。

『うふ』

『ああ、熱関係の精霊を生み出してるって言ってたな』

『つつくか？』

『起きなかったらね』

この穴の底に火の精霊がいるようだ。

『は～。茹だりそうです、カメ鍋になっちゃいますかねぇ』

『カメ鍋……』

南国の島で、地面に甲羅の大きさの穴を掘って、そこにカメを仰向《あおむ》けに入れる。それで、その白い腹の上で焚《た》き火を始める料理がこう……。鍋というか甲羅焼きというか。精霊も煮込まれるの？

いや、そんなことを思い出している場合じゃない。

カメの甲羅の上にドーム型の空間がある。これはカメの鼻から漏れる気泡からできていて、尻から生えた蓑みたいなものから漏れて入れ替わっていく。たぶんこのドームで守られ、陸地並みに呼吸ができる。

なぜ「たぶん」かというと、俺はさらにウフとその眷族が作った膜の中にいるから。カメに乗るにあたって少し小さくしたけれど、深海の水の冷たさも、火の精霊の起こす熱さも遮断《しゃだん》する。もちろん水圧もね！

ウフは製作者だからか、取り込んでいる空気と同じ大気の精霊だからなのか、空気の膜を貫通してくるけど。

海の中に入って大丈夫なのかって思ってたけど、全く平気。海水にだって大気は溶けてるからかな。……ウフ、思ったより強大な精霊だったりする？

それは置いといて。

ウフにお願いして、カメも包んでもらう。

『は〜。楽になりました。さすが南天《なんてん》を統べる大気の精霊ですねぇ』

『南天を……』

『うふ』

『は〜。あのままいったら、火の精霊の影響で別なモノになるところでした。私、内海一帯の海に引き込まれる砂粒の精霊ですが、海底の岩の精霊とかになっちゃうところでしたねぇ』

『砂粒⁉』

水陸両用の何かの精霊だとは思ってたけど、なにその砂って。

ウフも南天？　それはどこからどこまでのことなの？　情報過多なんだけど。

『お礼に坊ちゃんが望むところに砂粒の精霊を集めますよ？　海から離れられませんがね。赤白黒、望みの砂浜を坊ちゃんの足元にお届けします』

赤なんかあるの？　いや、鉱物《こうぶつ》の色はさまざまだし、当事者が言うならあるんだろうけど。

『その時は貝とか蟹《かに》とか、色々任める感じで頼む』

今も淡水と海水が交わる汽水域《きすいいき》があるせいか、海産物は他の島に比べて種類は豊富なんだけど、狭いから量はお察し。もう少し砂浜が広くても——引き潮の時にもう少し砂浜が海の方まで続いていてもいいかな。

『砂に潜《ひそ》む貝か～』

すごく楽しそうなエクス棒。

ただつつくだけじゃなく、当たり外れというか、中に何かあったりいたりするととても喜ぶ。俺もその方が楽しい。

話している間もどんどん穴に潜ってゆく。

『……ンの馬鹿～～～っ！』

叫び声と共にぼこぼこと気泡が上がってくる。海水が揺らいで見えるし、たぶん結構な高温。その上がった気泡がカメを掠《かす》めてゆき、見えなくなる。俺たちを包む空気の膜に沿って、つるんと滑っていった感じ。

『修行なんて絶対嘘～～～っ！！！！　私のこと綺麗に溶かしてくれる約束だったのに!!』

穴の底、なんか黒に近い焦げ茶の丸いのが叫ぶたびに、オレンジ色に発光するのが見える。

見えている上の方は長者饅頭《まんじゅう》みたいにひび割れて、結構でっかい。

色と形的には黒糖饅頭か、かりんとう饅頭か……。ひび割れタイプのかりんとう饅頭かな？

『あれが原因？』

『は～。そうです。あれが穴を掘って埋まりながら、ずっと叫んでるんですよ』

穴を掘るというか、叫んでオレンジになるたびにズズッと潜ってゆく。くっついてる下が溶けてる？

『とりあえず話しかけてみるか。えーと、そこの丸いヒト、ちょっとお話が……』

『今頃きっと、とびきり溶けやすい火山といちゃついてるぅ！！！』

火山といちゃついてる……。やばい、規模が違うというか、習慣が違うというか、感覚が違うというか、どう受け取っていいかわからない。どうしよう、どうしたらいい？　しかも叫んでて、こっちに気づいてない！

『つつく？』

『うん、つつこうか』

『王の枝』は、木の精霊の系譜。普通は火に弱いんだけど、火の精霊を配下に置けばある程度平気になるようだ。火の精霊、カーンたちの時代には、松明《たいまつ》みたいに燃え続ける枝を持つ国があったって。

俺も無節操《むせっそう》に来るもの拒まずで名付けてるんで、火の精霊もたくさん。エクス棒もだいぶ強化されてるはず。じゃなければ、つつくなんて言い出さないだろうし。

『すみません』

そういうわけで声をかけながら、エクス棒に魔力を通して、そっと丸い物体をつつく。

だがしかし、反応なし。まあだいぶでっかいし、少し触ったくらいじゃ気づかないのかも。

『ヴァンの馬鹿〜〜〜〜っ！！！！』

『ヴァン⁉』

知ってる名前が飛び出した！

『う？』

俺の声にかりんとう饅頭が揺れた。

『俺の知ってるヴァンなら、本当に修行だと思うぞ？』

どうも、なんか可愛さ一番でリシュが勝った時、誰かに負けたみたいだし。

『ヴァンを知ってるの？』

『力と火の属性、破壊と再生。外見は黒髪の偉丈夫《いじょうふ》、人間には神と呼ばれている』

神という単語は人間が呼んだもの。呼ばれた精霊も影響を受けて、そう名乗ったりするけど、精霊の中ではどういう位置付けなんだろ？

とりあえず呼び方はどうでもいいとして、可愛さを磨《みが》いてるとか、その方向の修行ではないはず。ついでに火山といちゃついてもいないと思う。

『私の知ってるヴァンな気がするわ。会ったことないけど』

……？

かりんとう饅頭の言葉が頭の中に入ってこない。どういうことだ？

『お付き合いしてるんじゃ？』

一体どういうこと？　会ったことないまま許嫁《いいなずけ》とか？　文通、文通なの？　ネットゲーの嫁？

こっちの世界、ネットないけど。

『ううん？』

かりんとう饅頭が身じろぎする。

身じろぎすると、ひび割れのオレンジから気泡がぼこっと出て、陽の届かない暗い海を上ってゆく。

『は～。溶岩の精霊さんには、沈むタイプと上るタイプがいるんですよ。こちらさんは沈むタイプですかねぇ』

カメが言う。

『沈むタイプ……』

どんなタイプだそれは。

『うふ』

『生まれたては燃える石の精霊だったのよ？　でも気づいたらこうなってたの。ずっとずっと蕩《とろ》けるように熱いところにいたのに、引っ張り出されてたし』

えーと火と石で溶けてたってことは溶岩でいいんだろうけど、熱い場所ってマグマ溜まりとか？　マントル対流に乗ってたとか？　マントルってカンラン石だから緑色なの？　――って、軽く混乱してるな俺。

なんか火山といいちゃついてたのは冤罪《えんざい》みたいだし、この際ヴァンは置いといて。

『沈むのは、元の熱いところに戻りたいってことか？』

『そうよ。あの熱い場所に戻りたいの。ここは寒いし』

何かのきっかけでうっかり地表というか、海の中に出ちゃった感じなのか。

『えーと、元の場所に戻るのって手伝える？　正直、ここで生まれる精霊の影響で、地上が結構大変なんだ』

俺はあんまり実感がないけど。なにせ『家』はちょっと不思議な山の中、精霊が集まりすぎて、ちょっとどころじゃなくなってる気もするけど。外の拠点は山脈を越えた先のカヌムと、冷たい水の湧《わ》く島。

マリナにある飛び地がカラカラだったけど、ズルをして、朝夕にちょっとだけ雨を降らす精霊に魔力をあげて、とりあえずなんとかなってる。畑は乾きに強いトマトにしたしね。

『そうなの？　私も私の体がなくなっちゃう前に戻りたいの。頑張って沈んでるけれど、たまに爆発したくなっちゃうし。爆発したら大きくなれるんだけど、また上っちゃう』

爆発……。噴火《ふんか》しか想像できないんで勘弁してください。

『えーと。魔力を渡せば手助けになる？』

『それより、ヴァンが私以外の誰かといちゃついてる話をして？』

なんで？

『うふ？』

『は～。沈むのと上るのは気分です。気分が大事なんで、爆発しつつ落ち込みたい乙女心を汲《く》んであげてください』

俺がよっぽど変な顔をしていたのか、カメが解説してくれる。でも話が難しくって理解できません。

『ヴァン、呼んでいい？』ここはレッツェを呼ぶ？　ハウロンの方がいい？

もういっそ本人を。

『ダメ。私の理想と違ってたら困るもの。時々他の精霊から入ってくるヴァンのイメージが崩れたら泣いちゃう』

……。

『は〜。私の経験上、この方たちは泣くと体が乾いて、乾きと熱を宿した気泡がたくさん上がります。――大昔の清く美しい思い出と一緒に、白化《はっか》した珊瑚も思い出しますねぇ』

って、カメ！　まさか他の溶岩と付き合ってたことあるの？　海底火山かなんかですか？

『わははは！　ご主人の魔力をやったら、一発で爆発しそうだけどな！』

エクス棒、それが一番困るんですよ！

『ちょっと助っ人呼んできていい？　【転移】で、カメの背《ここ》に戻ってくるから、このままいて？』

そう言い置いて【転移】する。

カヌムの家の、1階に【転移】。待たせるのもなんなので、家を飛び出し、貸家に走り込む。

「おや、どうしたんだい？」

「珍しく慌ててんな」

貸家の1階で寛《くつろ》いでいたのは、クリスとディーン、ハウロン。

「まさかセイカイの頼みがらみ？　上手くいかなかったの？」

ハウロンが心配顔で聞いてくる。

これ、ハウロンは俺の海中散歩の報告待ちでここにいた疑惑。

「まだ途中。クリス、手が空いてたら一緒に来てくれるか？」

カメの背は狭いのだ。

「ジーンの頼みなら聞くとも。ただ、私より大賢者……ここはどこだい？」

「海の底からさらに少し潜ったところ。ごめん、待たせてたから急いだ」

同意を得たところですぐ【転移】しました。

『うふ』

ウフは喋れないのもあって、俺にしか聞こえない声。

『は〜。ようこそ人間、我が甲羅の上に』

カメの方は人慣れしているようだ。

精霊は個々で時間の感じ方が違う。古い精霊はゆっくりなことが多いけど、万が一、10分が2時間くらいに感じるタイプの精霊だと厄介《やっかい》だからね。

「急いでるなら説明はあとで聞くよ。私はどうしたらいいんだい？」

「ヴァンの捏造《ねつぞう》恋バナを熱く語ってくれると嬉しい」

恋愛話は俺にはハードルが高い。

クリスに、棒でも飲み込んだような顔をされた。俺が悪いんじゃないんですよ？　カメの背には、ディーンとハウロンはちょっとデカすぎるだけで。

「我らに力を与えてくださる方について、捏造するのは不敬ではないかい？」

「俺がみんなから聞いた神話《エピソード》って、結構本人が否定してるのが多いんで、今さらな気もする」

「なるほど！　偉大なる神々はさまざまなものに彩られて、それでもなお偉大なのだね！」

きらきら倍増しのクリス。

素直かつポジティブなのは見習わなくては。俺はつい突っ込み入れちゃうからな。

「でも一応、『ここだけの話にしてください』――外に漏れないようにしとこう。クリスにちょっかいが行っても困るし。あとでヴァンにも言っとく」

『うふ』

ウフが何かしてくれた様子。そもそもこの空気の層の中に入っていると、精霊の手助けなしに、声は外に届けられない。

「では」

こほんと咳払《せきばら》いを一つして、クリスが話し始める。

「人にとっては昔、古き精霊にとっては瞬《また》きの間。とても美しい娘がいた」

クリスの大きくはないけれど、よく通る声。

竪琴《たてごと》とかリュートを持たせたいところだけれど、腕や指先の動きも綺麗だからこれはこれでいい。ちょっとオーバージェスチャー気味なところも、今の雰囲気には合っている。

海の底のさらに深い穴の中、かりんとう饅頭から漏れるひび割れた光が、下から周囲を照らす。海面を目指して、暗い水の中を上ってゆく気泡。

「娘の母はすでになく、父は後妻を……」

あー。シンデレラパターン？　でもシンデレラって、成人したら全部シンデレラが継ぐはず――血統が重んじられてるというか、普通に血筋の乗っ取りになるから、血が繋がってない3人には家を継ぐ資格がない――なのに、なんで継母《ままはは》も血の繋がらない姉たちもシンデレラに意地悪できたんだろう？

「――娘はその美しさゆえに上つ方《がた》の幾人かを虜《とりこ》にし、ついにある身分高き夫人の怒りと嫉妬《しっと》にさらされる……」

悪役令嬢パターン？

「ご主人、ご主人」

「なんだ？」

石突《いしづき》じゃなくって、やんちゃっぽい子供の部分の手でつついてきたエクス棒と小声で話す。

「おやつ欲しい」

「飽きるの早いな？」

まあ、俺も恋愛話には興味がないんで、話の構造の方に心の中で突っ込んでたけど。

さすがに話してもらってるところに弁当を出すのもどうかと思ったので、ポップコーンとホットドッグ、そしてクラフトコーラという映画館メニュー。

「さすがご主人、マスタードとケチャップたっぷり！」

大口を開けてホットドッグからいくエクス棒。

エクス棒的には、千切りキャベツとソーセージのシンプルな具に、マスタードとケチャップたっぷりが正義らしい。マスタードは粒じゃなくって普通の。千切りキャベツには少し調味料を入れてるけど、至ってシンプル。

エクス棒分の弁当はクリスにやろう。エクス棒、ジャンクフードの方が好きだし。

『は～。すみません、あったら私にも水を1杯いただけませんか？』

カメが申し訳なさそうに話しかけてくる。

『どうぞ』

人が美味しそうに食ってると、なんか食べたくなるよね。

何か、ではなく、水を指定してくるってことは水でいいんだよな？　人間なら料理をくれと遠回しに言っているんだろうと思うけど、精霊の好物で鉄板なのは、水、花や緑の香り、火、光。

というかこの海底では、料理も水も難易度は変わらないか。そう思いつつ、水の入った革袋を出す。容れ物に入っていない水も【収納】には大量にあるけど、さすがに海中では出せない。いや、小さな精霊もだいぶ助けてくれてるし、撒《ま》いとこう。

『今から水を出すけど、下に行かないよう頼む』

さすがにかりんとう饅頭は、水好きとは思えない。海水の中にいるんだから、かかっても平気だろうとは思うけどね。

カメに革袋の栓《せん》を抜いて渡し、海水に真水《まみず》を泳がせる。

『うふ♪』

ウフもご機嫌なので、水を撒いてよかったようだ。

「哀れ娘は、夫人の手の者に裸足《はだし》で火山に連れてゆかれ、火口に突き落とされた！」

火山という単語に反応したのか、かりんとう饅頭が気泡を増やす。気泡はやめてください。

「落ちてゆく娘の肌がちりちりと熱を感じ、広がる髪が焦げようとする時、救いの手が現れ、疾《と》く娘の姿がマントに隠された。間一髪、娘を救ったのは黒い髪の偉丈夫、火と再生と戦《いくさ》の神ヴァン！」

身じろぎするかりんとう饅頭。

「マントに包まれ視界は閉ざされたまま、その逞しい胸に抱かれる娘。不思議なほどの安心感が――大丈夫なのかね？」

かりんとう饅頭がずるずると沈んでいくのにびっくりしたのか、クリスが話を途切れさせる。

「大丈夫なんで続けてくれ。ヴァンの話は、あれを沈めるのが目的だから」

かりんとう饅頭が荒ぶってるのを鎮《しず》め、物理的に沈める。

その後、クリスの話は、姿を見せないヴァンが夜な夜な娘の元に通い、見るなと言われたのに好奇心に勝てず、ヴァンの姿を見てしまった娘が燃えてしまい、娘の魂を求めてヴァンが冒険する話に移行した。

ヴァンの姿を見ると燃えるの？　俺には色々謎なところもあったけど、どうやら定番だったらしく、かりんとう饅頭はそこで盛り上がってたくさん沈んだ。

そして現在、物語を何個か歌い上げたクリスには休憩してもらっている。お弁当のお重をカメの背中に並べ、お酒も出して。

「――人魚姫は泡《あわ》となって消えてしまいました」

クリスが休憩している間、ヴァンや恋バナでなくてもいいというので、代わりに俺が話している。

うん、なんでもいいって言われたからね！　子供向けの童話だね！　でも一応悲恋っぽいのを選んだよ！　王子とくっつかない昔のパターンのやつだ。

『うううっ！　人魚姫！』

かりんとう饅頭は人魚姫の恋愛が成就《じょうじゅ》しなかったのが悲しいのか、ずぶずぶ沈む。

王子を海から助けたのは人魚姫だけど、人間の娘だって、ずぶ濡れで海岸放置な王子を助けてるよね？　恋愛って難しい。

『は～。水の精霊に生まれ変わるなんて、なんという幸福な……』

カメは見解が違う様子。

『うふ？』

うん、ウフに連なる空気の精霊かもね。

恋愛話はあんまり思いつかないから、次は「泣いた赤鬼」にするよ！

一応、人外《じんがい》恋愛シリーズということで、雪女、天女《てんにょ》の羽衣《はごろも》。雪女は三好達治の「雪」の印象の方が強いけど。

「純粋な精霊に対して、人間の男のなんという不誠実……」

クリスが項垂《うなだ》れている。

思わぬところに着弾！

『うふ！』

『それでも条件が揃うと、どうしても愛しちゃうのよね～』

ため息を吐くかりんとう饅頭。

おっきなボコッという気泡――今回生まれたのは熱波《ねっぱ》の精霊――と、ずぶずぶと沈んでいく本体。とりあえずボコッは、海流の精霊に頼んでエス側の元々乾いてるとこに流してもらった。

力技《ちからわざ》だけど、セーフということでひとつ。

「わははは！　精霊は愛する条件が崩れた時点で、愛着も未練もねぇからな！」

エクス棒。

『は～。人間に捕まるのは怖いですねぇ』

カメは違った意味で捕まりそう。具体的に言うと、浜辺でクソガキどもに捕まりそう。

雪女も天女も完全に精霊状態《おなかま》だな？　確か、大物の精霊を長く縛る方法は、精霊の執着を利用するのが手っ取り早いって聞くし。「愛」と「精霊との契約」を読み替えても違和感ないかもしれない。

ここでクリスと交代。

話のネタが切れたら、ハウロンと交代って思ってたんだけど、クリスのお話は豊富。臨場感たっぷりに身振り手振りがつくから、聞いていて面白いし、情緒を揺さぶられる。

ハウロンは大賢者らしくたくさん話を知ってるだろうけど、たぶん講義っぽくなっちゃうからクリスが一番いいんだよね。

クリスの話を聞きながら、お弁当に手を伸ばす。明太子《めんたいこ》とホタテのおこわ、俵型《たわらがた》の塩むすび、おいなりさん、ささがきゴボウと鰻《うなぎ》のご飯が、田の字に区切られた4つの区画をそれぞれ埋めている。

小さな重箱は2段、もう片方は当然おかずだ。

塩だれチキンにミートボール、アスパラガスの胡麻和《ごまあ》え、根菜とインゲン豆の信太巻《しのだまき》、柚子《ゆず》をくり抜いたやつに紅白なます。

鰻ご飯は胡麻、海苔《のり》、大葉の薬味が効いて美味しい。お茶を飲みながらもぐもぐと食べる。

クリスには好評だったけど、ちょっと揚げ物も欲しかった気がするな。

クリスの話にズンズンと沈んでいくかりんとう饅頭。うーん、やっぱり上手いなあ。

「交代、『100万回生きたねこ』いきます」

俺の話でも沈んでくけど、俺の場合は即興で作ったわけじゃないからね。

「ううう。愛を知って旅立つとは……っ！」

クリスは感動しやすい。

「ご主人、なんか甲羅に突っ伏してるのがいる。それはそれとして、ポップコーンお代わり！」

エクス棒は結構ドライ。

コンコン棒の木の試練って、受ける人によっては結構えげつないことになるし、ドライにならないとやってられないか。いちいち助けてたら『王の枝』の試練にならないもんね。

エクス棒にお代わりを出し、ついでにクリス分のポップコーンとビールも。精霊用には真水と花。俺の出した小さな花が、精霊たちに戯《たわむ》れられ、くるくると回りながらゆっくり海上へと上ってゆく。

さて、可哀想《かわいそう》なゾウは、俺にもダメージがあるからパス。話はスーホの白い馬、ごんぎつね――ごんぎつねの話って、ものすごく精霊の手伝いっぽいな。よかれと思って手伝ってるのに、猟師にとっては迷惑千万な結果という……。

交代で話を続けることしばし。

『あああ、ありがとう！　これで安楽の地に行ける〜。熱いマグマに揺蕩《たゆた》って、一緒になるの。お世話になったから、呼んでくれれば体を伸ばすわ！　目印にこれをあげるわね〜』

なんか目を凝《こ》らすと、地面がうにうに動いている……気がする。いや、これかりんとう饅頭のお迎えに来てるのかな？

『ありがとう』

俺の手に流れ込んできたのは、精霊の雫。すごく濃い赤茶色、それでいて宝石の透明さを持ってる綺麗な石。

『エクス棒に食べさせてもいい？』

『いいわよ〜。エクス棒ちゃんのお腹に入っても、自分の気配は辿《たど》れるもの。顎の人、ヴァンの話をたくさんありがとう！　あなたには拾い物だけどこれをあげるわ～』

顎の人。

うん、そこに精霊がいるから目印になるんだろうね。なかなかひどいな！

「お役に立てて光栄だよ！」

ふよふよとクリスの元に流れ着いたのは金。精霊金かな？

なんか精霊金でできた鎧《よろい》が沈んでいる話を、前に聞いたような……。拾い物、ってまさか……鋳溶《いと》かされて……？

まあいいや。気にしない方向で！

『またどこかで～。火口でお話ししてくれたら、何かいいものをあげるように眷属たちに伝えておくから、火口に寄った時はよろしくね～』

「ああ、わかったよ。火口に寄った時のために、とびきりの話を用意しておこう！」

クリスが力強く答える。

『楽しみにしてるから』

そう言っているうちに、地面と穴の壁の隙間というか、うにうに動いているようなところに、少しずつ吸い込まれていくかりんとう饅頭。

『は～。どうやら解決したようですね。上がったらセイカイ様にご報告します』

カメが言う。

それにしても、火口に寄るってどんな状況なんだろうな。

カメの腰蓑《こしみの》みたいなものがぼわっと広がって、浮上が始まる。

『は〜。普通はいきなり上がると色々出ちゃうんですがね、今回は大丈夫ですね』

待って。

大丈夫じゃなかったことがあるの？　水圧の問題があるのはわかるけど、言い方が不穏じゃないか？

「大丈夫、私は気持ち悪くなっても吐けないタイプだよ。カメ君の上に吐いたりしないさ！」

クリスが明るく言う。

深海からいきなり浮上すると、もっとエグいものが出るんですよ、クリス！

『あ、途中でお土産に海綿《かいめん》採っていきますか？　陸の人間に人気ですよね。時々浅いところでざっくりやって、採っていってますよ』

「ああ！　もしかしてスポンジかい？　素晴らしく高いって聞くよ」

微妙に不穏なカメと明るく会話するクリス。よかった、クリスがいて。ウフは喋れないし、この暗い海でこのカメと2人だったらどう対応していいかわからない。

こちらの世界のスポンジは、海底にくっついた体中に孔《あな》の開いた生き物で、モクヨクカイメンとかユアミカイメンとか呼ばれるものだ。まんま沐浴《もくよく》と湯浴みかな？

せっかくあったお風呂の文化、衛生観念がアレなせいで、共同浴場が軒並み病原菌の温床になって廃《すた》れちゃってたけど。

でも勇者《あね》たちのおかげで再び風呂が復権の兆し。シュルムはなんだかんだいっても、大国で文化の発信地でもあるんだよね。ナルアディードには負けるけど。

スポンジは元々高いんだけど、風呂の復活のおかげでまた値上がっている。海綿を採るためには、錘《おもり》をつけて30メートルくらい素潜りするのが基本だっていうから、高いのも仕方がない。

空や風の精霊憑《つ》きの人を雇って、俺が今やってるみたいに人に空気を纏わせて潜らせる商売もあるみたいだけど、結構な頻度で事故ってるって。聞いた感じ潜水病っぽかったけど。

「スポンジは俺も少し欲しいな」

うちの島の潔癖症の医者が、麻酔《ますい》に使うとかなんとか言ってたんで、あるに越したことはない。アヘンやヒヨスやマンドラゴラに浸した海綿で眠らせるんだって。なお、この世界にはマンドラゴラがある模様。

そういうわけで途中、ちゃんと海の中が見えるくらい明るい深さのところで海綿刈り。

「わはははは！　むにってするむにって！　ご主人、オレこの感触嫌ーーーー！」

海綿を石突でつついたら、泣き笑いで告げてくるエクス棒。

声に驚いたのか、棲家《すみか》が突かれたことに驚いたのか、小さな魚が一斉に泳ぎ出てきた。

「海底を歩くなんて、思ってもみなかった。カヌムのみんなに自慢できるよ！」

クリスが手を腰に、笑顔であたりを見回す。

さすがにカメに乗ったまま海綿刈りは無茶な体勢すぎるから、クリスも空気のぽよんぽよんで包んでもらった。光の届く海底はなかなかいい感じ。空と海との境界が見えているのと見えていないのでは、心持ちがだいぶ違う。

海綿が群生してるんで、茶褐色と生えてないとこの白が基本の風景だけど、代わりに小さな魚がカラフル。

でも、そろそろ外が恋しいんで、採るもの採ったらさっさと陸に上がりたいのも本音。手早く海綿を採取して、クリスの分も合わせて【収納】へ。

これどうやって加工するのかな？　ゴミとか余計なものを取って干すだけとかでいいんだろうか。帰ったらレッツェかハウロンに聞こう。

荒らさない程度に海綿を採取して、浮上。海に浮かぶカメの背上で、なんとなく伸びをして大きく息を吐く。

『うふ！』

ウフも海の中より外の方がいいのか、俺と同じように伸びをした。ウフの服の裾が伸びて先

が大気に溶ける。

そしてカメの前の海が盛り上がる。

「なんだい、あれは？」

クリスが驚いて警戒する。

俺もカメも騒がないんで、クリスもぎりぎり剣に手をかけていない感じ。驚きと戸惑いが混ざった顔でこっちを見てくる。

「たぶん、旱魃を起こした精霊の対処を頼んできたセイカイかな？」

俺が返事をする間に、盛り上がった海面がセイカイを残して元に戻った。

「中央の精霊王よ、礼を言う。おかげで腹具合がよくなった」

髭のポセイドン部分は満面の笑みで、イルカ部分が告げる。

「結局、陸に引き上げるんじゃなくって、本人の希望で地底に行ってもらったけどよかったか？」

セイカイの最初の頼みは、かりんとう饅頭を海から引き上げる方向だった。

「うむ。すこぶる快調だ」

頷くポセイドンとイルカ部分。腹具合って言ったあとに、快調とか言うのやめてください。便通に聞こえる。

「……ならよかった」

これで旱魃も止まるといいんだけど。

熱波の精霊は熱の精霊になったり、暖かな空気の精霊になったりと徐々にその性質を変えていくはずだけど、保つかな？

これから大気が落ち着いたところで作付けをして、収穫できるのはさらに先。メール小麦が流通するから大丈夫だとは思うけど。

「うむ。先の約束の船の守りの他、何か礼をしよう。そうだな、我が名をやろう」

いいこと思いついた、みたいにイルカの尻尾がぱしゃんと跳ねる。

「もらっても困る」

思わず即答。

「なに、ちょっと名前を呼ぶだけで済むことだ。手間はかけさせぬ」

イルカがぐいぐい来る。ポセイドン部分は両拳《りょうこぶし》を握って小さくガッツポーズ。やめてください、応援されても頑張りません。

手間はないかもしれないけど、魔力は持ってかれるんですよ！　ウフと契約して、魔石で回復したけど全快とはいってないし、深海に潜ってる間に細々《ほそぼそ》魔力を消費してたんですよ！　自然回復もしてたけどね！

『は～、セイカイ様、ここはお色気でなんとかしないと』

カメが余計なことを言ったせいで、ポセイドン部分がなんか体を捻《ひね》り始めた。

いや、あの。バチカン美術館にあるラオコーンみたいですよ……。

「素晴らしい！　彫像にして神殿に奉納したいほどだよ！」

クリスの大惨事、じゃない大賛辞。

照れるな、ポセイドン！

『うふ』

こういうのがいいの？　みたいに首を傾げるウフ。

「ほれ、ほれ」

「あ。ちょっと、ぐいぐい来ないで」

ちょっと遠い目をしてたら、イルカの鼻面でぐいぐいされる俺。

「この海域では魚も宙に浮くんだねぇ……」

クリスが変なところに感心してるけど、このイルカも精霊部分です。喋ってるだろ！

あと、浮かんでるけど、海から海水が噴き上がってイルカの腹にぶつかっているので、厳密には海に浮かんでる扱いなのかもしれない。

「わかった、わかったから、せめて地に足つけるまで待て」

海の上もカメの上も嫌だ。

そういうわけで移動。

カメとそれに乗った俺とクリス、ウフ、ついてくるセイカイ。はたから見たらシュールだろうなこれ。

海の神セイカイ。海の神といいつつ、たぶん影響があるのはナルアディードや、エスが臨《のぞ》む内海とメールの地の周辺域。信仰している人間たちの、海での活動範囲が重なるんだと思う。

ウフの方が強大な精霊かな？　でもセイカイは、代わりに信仰されているこの海域ではとても強い。

あとセイカイという名前も精霊としての存在に完全に固定されているから、変更するには俺の方にも膨大な魔力と強い意志がいるはず。そしてたぶん、他の名前にしたら、セイカイはすごく弱ると思う。

神と呼ばれる、信仰されてる精霊は、人間のイメージというか想《おも》いで強化されてるところがあるから、名前を変えると別物になっちゃう。だから新しい名前をつけるんじゃなくって、同じ名前で上書きというか、精霊が契約を受け入れている状態で名前を呼ぶことになる。

魔力に任せて新しい名をつけることも、古い名のまま無理やり契約することもできるけど、まあ積極的にやる意味はない。ユキヒョウの友達の馬とは無理やり契約したけどね。ほぼ黒精霊だったしノーカンで。

まあ、そういうわけで。

「『セイカイ』」

カメに降ろされた岩の上で、海に浮かぶセイカイと向き合い、名を呼ぶ。

途端に波が激しくなる。遠くの海面が膨らんだように見え、岩に打ちつけられて割れる白い波。内海がこんなに波立つのは珍しい。

そしてごっそり持っていかれる魔力。倒れるほどではないんだけど、一気に減るとだるい。なんというか、起きるつもりの1時間前に起こされたようなだるさ。そして本日2回目。もう帰るだけだからいいんだけど。クリスをカヌムに送ったら、まだ陽があるけどちょっと寝よう。

「うむ。契約は成った！　中央の精霊王が海にいる時、我と我が眷属たちは最大限の手助けを」

そう言ってセイカイは海に消え――

「若者よ、これを授《さず》けよう」

る前に、クリスになんか投げてきた。

いや、投げたんじゃなくって、イルカのトスだな？　フグ爆弾じゃないよね？　両手で受け止めたものの、勢いを殺し切れずに胸に手のひらごとぶつけて、ごふっとなってるクリス。

「……真珠《しんじゅ》かい？」
首を捻るクリスの手には、野球のボールくらいの七色の光沢《こうたく》を持つ玉。
「『潮涸珠《しおふるたま》』だ。届かぬ海の底に何か落とした時などに使うがよい」
なんかしょうもない使い方の例を厳《おごそ》かに告げたイルカと、いい笑顔でサムズアップしている
ポセイドンが海に沈んでいく。
「ありがとう！　海に来ることはめったにないけれど、うっかり何かを落とした時に使わせて
もらうよ！」
クリス、それ名前からして海水が引いて海底を露出させる気がするんだけど、大丈夫？　俺
の【言語】さんが『潮涸珠』って言ってるってことは、『潮満珠《しおみつたま》』とセットのあれと同じ効果
だと思うけど。潮の干満《かんまん》を司《つかさど》る片割れで、潮を引かせる的な……。
まあいいか、規模が小さい感じかもしれないし。球形じゃなくって、円筒形を３段重ねた蛇《へび》
がとぐろを巻いてるような形というか、鏡餅《かがみもち》みたいなのもあるし――日本での話だけど――
色々あるんだろう、たぶん。
『は～、よかったですねぇ、前に鎧を海に落として泣いてた人がいましたからね』
「愛着があるものを手放さなくてはならないのは辛《つら》いね。その人は見つけられたのかい？」
『いいえ。私も普通なら行けないような、一番深いところに落ちましたから』

一番深いところって、かりんとう饅頭の穴だよね？　クリスがかりんとう饅頭からもらった精霊金、今俺の【収納】に入ってるんだよね、金って重いから預かってて。

伝説の精霊金の鎧のなれの果てだって、カメはわかってて言ってない？

「海の底で鎧は見かけなかったね？　あそこよりもっと深い場所があるなんて、海は浪漫だね！」

まだ鎧を探しているようなら知らせてくれと、人のいいことをクリスが告げて、カメと別れる。

『うふ』

ウフが最後に大気に溶けて、俺たちもカヌムに【転移】。

クリスが持ち帰ったモノの判定はハウロンに任せて俺は寝る、俺は寝るぞ！

ただいまとクリスを送り届け、おやすみと家に帰ろうとする俺。

「待って。今回の話、話は？」

「とても眠いのであとでお願い」

袖を引いてくるハウロンに正直に答える。

「私も少し休ませてもらうよ」

待っていたハウロンには悪いけど、クリスも眠かったらしい。

「夕食どきに起きてくるよ」

さすがに話し疲れたので、ちょっと間を置かせてください。

「あんま無茶すんな。あとでいいからゆっくり休め」

ハウロンに1階の居間に引き止められていたっぽいレッツェが、クリスと俺に水——湯ざましを注いでくれる。

「うん」

「色々あったからね。期待に沿いたいところだけれど、ちょっと失礼するよ」

そういうわけでカヌムの屋根裏部屋のベッドに潜り込んで、昼寝ならぬ夕寝。外はまだ明るいけれど、鎧戸を閉めてしまえば家の中は暗い。小さな隙間から陽が1つ、2つ射し込んでいる。

隙間から射す陽って、なんか埃がやたら見えるなあって思ったところで意識が落ちた。


気づいたらさすがに真っ暗。何時頃かな？ 寝すぎたか？

もそもそと起き出し家の前の路地を覗くと、貸家から明かりが漏れていた。まだ起きてるようだ。

あの星の並びが正面にあるってことは、夕食には遅い時間だけど、まだ寝静まるって時間じゃないな。

夜空の星の位置で、大体の時間を計る。この時期、みんなと飲んだあと、帰る時に見える星の位置はもっと西の低いところにある。

「こんばんは」

扉を叩いて返事を待たずに入る。

「おー、来たな？　クリスはまだ起きてこねぇぞ」

ジョッキ片手にディーンが言う。

「クリス、大活躍だったから」

カメの上で喋り通しだった。

「セイカイからの頼みごとは上手くいったのね？」

「うん」

レッツェの隣に座りながらハウロンに答える。

貸家の1階、みんなが集まる居間には、クリス以外の貸家に住む面々。どうやら飲みながら起きてくるのを待ってたのかな？　カーンは暖炉の前で不動だけど。

「ちょっと夕飯、ここで食わせて」

寝て起きたらお腹が空きました。

「いいわよ、ここまで待ったんだから待つわよ」

頬杖をついてこっちを見ながらハウロン。

見られていると食べづらいんだけど。そう思いながら、【収納】からご飯を出す。

ほかほかご飯、ジャガイモと玉ねぎの味噌汁、赤蕪漬け、小鉢に肉じゃが、冷奴《ひややっこ》、豚の角煮と煮卵半分。メインは千切りキャベツに分厚いアジフライ1枚、牡蠣《かき》フライが2つ。

冷奴に鰹節をかけ、味噌汁を一口飲んで、アジフライに手を出す。【収納】のおかげで、揚げたて。ソースにつけて一口、じゅわっと染み出すアジのさらりとした脂、ふわふわの身。

「ジーンが食ってると美味そうに見えるんだよな」

「実際美味いしな」

酒を飲みながらディーンとレッツェ。

「どうぞ、腹に隙間があるなら」

酒を片手にチーズを食っている夕食は済ませたのだろう面々に、アジと牡蠣フライを出す。ソース、タルタルソース、レモンの入った小皿も各自の前に。揚げ物は2つの皿に分け——いや、テーブルについていないカーンの分も入れて、3皿用意。皿にタコカラ追加。

「あー。肉とパンの次に揚げ物好きだな」

肉と炭水化物の男ディーンの、次に好き宣言は揚げ物。カレーの時にも言ってた気がするので、1位、2位が不動で、3位は時々で変化するんだな？

赤蕪漬けもいい味。京都の方の赤蕪は随分酸っぱいけれど、これは山形の方の味付け。どっちも美味しいけど、今日はこっち。

牡蠣はふっくらサクサク、油断すると火傷《やけど》するような汁が溢れ、潮の香りがして、すぐにミルク——という表現でいいのかこれ？　——のような味が広がる。好き嫌いが分かれるけど、タルタルソースが全てを解決する。

タルタルがなくてもいいのはハウロン、レッツェ。俺とディーン、カーンはタルタル派。

「ああ、いい匂いだね。私にも食事をくれるかい？」

そして、自室から降りてきたクリスは、これでもかというほど絞ってかけるレモン派。

クリスにも俺と同じ食事……の、ご飯と味噌汁抜きを出す。俺と違って、酒で夕食にする感じ。

「は～。変わった場所でとる食事もいいけれど、落ち着いてしみじみと美味しいと感じるのは、やっぱり我が家だね！」

「借家だけどな」

クリスに笑いながらツッコミを入れるディーン。

「話は食べながらでもいいのよ？」

クリスが酒と揚げ物を食べたところで、聞く気満々のハウロンが話を促す。

「ああ、もちろん話すとも！　あんな神秘的な体験は初めてだよ！」

恍惚《こうこつ》とした笑顔のクリス。

神秘的……？　不穏なカメに乗って、セイカイの腹具合を治すため、かりんとう饅頭に一生懸命ヴァンの恋バナをしたことが？

強いて言うならウフが一番神秘的だけど、クリスには見えてなかったよね？

「私がジーンに連れていかれたのは、光り輝く海中——巨大なカメの甲羅の上。私にもはっきりと姿が見え、声の聞こえる、強き精霊の背だったのだよ」

クリスがエールを一息に飲む。

光り輝く海の底……？　ああ、精霊たちが集まってたから、クリスにはそう見えたのか、もしかして？

「ちょっとカメのこと持ち上げすぎじゃ……もごっ」

ディーンがクリスに視線をやったまま、後ろから俺の口を塞いだ。

「クリスが話し終わるまで、大人しくしとけ」

隣のレッツェがこっちをチラリと見て言う。

まあ、言い方があれだけど、強めの精霊なのは間違ってない……？

「空気のドームが私たちを包み、寒くもなく、暑くも感じなかった。強きカメの精霊はのんびりと喋り、海の底に向かって素晴らしい勢いで潜っていったのだよ！」

俺が大気の精霊たちに頼んで気圧を調整してたんですよ！　カメはなんかセイカイの頼みを断れなかったのか――いや、カメは精霊だから、潰れるのは背中の空気の層と、中の俺たちだけか！　カメも一蓮托生《いちれんたくしょう》だと思ってたのに、今さら違うと気づく俺。あのカメ！！！！

「海の底のさらに底、海底に開く穴を通った先に見たものは、溶けた鉄のような色を隙間から覗かせた小山のような精霊、燃える岩、その性状は火。海底で周りには他に同族がおらず、孤独な精霊だったのだよ」

かりんとう饅頭の形容もすごいな!?　おかしくない？　クリスが説明すると、みんないい人ならぬいい精霊みたいだぞ!?

「ジーンから告げられた私の役目は、その孤独な精霊に同族たるヴァンの話を聞かせ、慰《なぐさ》めること。彼女が――孤独な精霊は女性だったのだよ――彼女が望んだのは、恋の話。同族の心躍る恋の話は、彼女を沸《わ》き立たせ、同時に孤独を濃くした」

……。マジで？

「お前、目が丸まってるな……」

レッツェが小声で言いながら、牡蠣フライをつまみ、エールを飲む。

エールはディーンたちが飲んでたものをいただいてるけど、ハウロンの準備かな。この辺のビールと違って、アルコール度数が高いみたいだし、穀物がそのまま混ざってるってこともない。

俺が驚いて――それから感心して落ち着いたのがわかったのか、ディーンが離れる。座り直して俺もエールに口をつけつつ、アジフライをもう1つ。話を聞きながら食べるには、ちょっとつまみづらいね。フライドポテトも出そうかな？

おっと、クリスの話が佳境に入ってる。

「心を鎮め、海底を沈んでゆく彼女を追いながら、幾多の物語を語ったろう。ジーンの語る話は多彩で、私も聞き入ってしまったよ。話の余韻《よいん》で自分の番を忘れるところだった。そしていつしか、彼女は海底で仲間と出会い、還《かえ》っていったよ」

エールで口を潤《うるお》すクリス。海の底でも饒舌《じょうぜつ》だったけど、ここでも話が上手いな？　見習うべき？　俺の話はこっちじゃ知られてないだけで、昔からある話ですよ。

でも、クリスの語ったこっちの世界の話と類似性があって、なんだか不思議だった。通い婚で姿を知らないとか、ヤマトトトヒモモソヒメと大物主《おおものぬし》だっけ？　日本にもあるよね。ギリシャ神話にもあるかな？

「大変だったわねぇ。精霊の住まう美しい海の中、時を忘れさせる、のんびりしたカメの精霊、孤独で悲しい精霊……美しいわ。アタシも海の底についていきたかった」

ほう、とため息を漏らすハウロン。

カメは浦島太郎にも時間を忘れさせてそうだな？　あれは竜宮城と時の流れが違うのか。だが今俺は、カメを疑いたい。

「精霊が仲間と合流するのを見届けて帰ってきたのか？」

「いいや、まだ終わらない。戻るために海を進むと、海神セイカイがジーンに会いに出てきたのさ！」

ディーンの質問に、クリスが答える。

「ううう。ものすごく聞いたことのある名前がここで」

「あー。セイカイの頼みだって言ってたもんな」

ハウロンとレッツェ。

「海神セイカイは私も聞いたことがあるよ、ナルアディードで信仰される神の一柱《ひとはしら》だよね！　雄々《おお》しくもイルカに乗った姿は、話に聞くまさにその神だったよ」

得意げに言うクリス。

「その海神セイカイがジーンに己《おの》が名を託《たく》し、なんと私にも褒美《ほうび》をくれたのさ！　海の底で精霊と別れる時も金をいただいてしまったし、1日で大金持ちさ。ジーンに選ばれた時は、旱魃で苦しむ人たちのため、この命を使う誇らしさで覚悟を決めたというのに、蓋を開けてみれば美しき夢のような体験だったよ。まあ、ジーンがそばにいれば大丈夫だとは思っていたけどね」

そう言ってウインクしてくるクリス。

命は懸《か》けないでください。——その覚悟で即答してついてきてくれたんだ。なんか本当にこっちの世界で人に恵まれたな。

テーブルに頬杖をつき、質問に答えて話しているクリスを見、周囲の人を見る。レッツェ、ディーン、カーン、なんかブツブツ言い始めたハウロン。ここにいないけど、アッシュ、執事、ディノッソ、シヴァ、子供たち。

うん、だいぶ幸せ。

さて、クリスから預かったものを出すか。ハウロン、この精霊金の元が何か、俺と同じ考えに辿り着いて叫びそうだけど。

ハウロンとレッツェが俺の顔を見る。

「大体そんな感じです」

間違ってはいない、見解の相違はあるけど。

「丁寧語で視線を合わせない……」

俺ではなくレッツェを見ながら、確認を取るように呟くハウロン。

レッツェに答え合わせを求めるのやめてください。

「かり……溶岩ドームの精霊から、クリスがもらったのはこれ、セイカイからもらったのはこっちです。あとこちら、甘味《かんみ》です」

預かっていた精霊金と、かりんとう饅頭を置く。

かりんとう饅頭、上がひび割れてるけど。もうちょっとひびを大きくして、側面まで入れたいところ。

「なんだ？　前に出してたマカなんとかか？」

レッツェがかりんとう饅頭を見て聞いてくる。

「マカロンとは別」

「おお！　深海の孤独な乙女、彼女がモデルかい？」

クリス……。

そういえば出会った頃は、俺やアッシュのことをなんとかの君とか言ってたっけ。うん、あの頃はちょっと引いててごめん。

「溶岩ドーム……」

なんともいえない顔でハウロン。

他はともかく、ハウロンは溶岩ドームを見たことがありそうだよね。というか、かりんとう饅頭でそう呟いたってことは、見たことあるよね。実際はもっとゴツゴツしてるんだろうけど。

いや、こっちなら綺麗に半球に膨らみそう。

「待て。それは精霊金か？」

おっとカーンから待ったがかかった。何を待つのか謎だけど！

「はい」

「えぇえっ⁉」

素直に返事をしたら、クリスから驚きの声が上がった。

「マジかよ、すげー！　でけぇ～」

ディーンが目を見開いて精霊金の塊《かたまり》を眺める。

「この大きさ……。贅《ぜい》を凝らした立派な城が建ちそうだな」

レッツェは驚きを通り越して、呆れている気配。

「深海の孤独な乙女は、よほどの大精霊ね。この量は伝説になるわ。実際、精霊に気に入られて、所有する鉱山の金が精霊金に変わったのは――火の精霊の時代の初めの話なのに、未だにエスとナルアディード周辺で有名だわ」

ハウロン……。かりんとう饅頭が大きな精霊なのは間違いじゃないけど、その精霊金はたぶんおそらく拾い物です。

「……滅びの国に向かう王は、精霊の怒りに触れた。沈んだのはエスとナルアディード付近の海」

「そういえば、拾い物だと言っていたよ！」

ちょっと！　俺が言わなかったのに、カーンとクリスで答え合わせが始まった⁉　カーンは眉間を押さえて俯いてるし、ハウロンが顔を引きつらせてる！

「金ならともかく、精霊金はもらいすぎだよ！　金だって一晩の語りには破格だけれど、私は場所と相手を考えて受け入れたのだよ？」

クリスが慌てて俺に訴えてくる。

「俺に言われても困る。クリスがもらったものだし、遠慮なくクリスの好きにしていいと思うぞ？」

「好きにしていいというならジーン、君に譲るよ！」

もらったものがなんなのかわかった途端に、焦ったみたい。深海にいきなり連れてった時だって落ち着いてたのに。

「いや、俺は持ってるし」

「持ってるなら、多少増えても困ることはないだろう？　私には使い道が思いつかないし、過ぎたものは身を持ち崩すきっかけだよ！」

さすが、依頼の報酬《ほうしゅう》を娼館《しょうかん》で散財する男は言うことが違う。散財の規模はディーンほどじゃないけど。

「クリスが解決したのは確かだろ、報酬——ああ、旱魃で困ってたマリナの街に、この精霊金でクリスの像を作ろうか。もし金がいることになったら、言ってくれればクリスに戻すし」

「あら、いいじゃない」

そう言うと、自分の引きつった頬を撫でながらハウロンが同意する。

「私の？」

「そう、『この精霊金にクリスの姿を写してくれる？　できるかな？』」

俺がそう言うと、周囲の精霊と顎の精霊が精霊金を触りに来た。クリスに断られる前にさっさと行動に移す俺。

「またアタシの精霊が……」

ハウロンががっくりと項垂れる。

精霊金や精霊銀などは、精霊にとって加工がしやすい。俺の塔の格子は精霊に頼んで精霊鉄で造形してもらったし。カヌムの屋根はこれでもかってほど薄い精霊銅で、水の染み入る瓦《かわら》の下を覆っている。

ハウロンのファンドールは好奇心旺盛で、色々やってみるタイプ。今回も俺の呼びかけで参加し、他の小さな精霊とクリスの顎の精霊と協力して、あっという間にクリスの姿を作り上げた。

「うん、すげー精巧だな」

なんともいえない顔でディーン。

思い切り困った顔をして、こっちを向いて座ってるクリスの像ができた。完全に今の姿です。

「ごめん。クリス、ポーズとって」

「こうかい？」

クリスが立ち上がって、片手を腰に当てる。

「剣持ってマント羽織《はお》ろうぜ、マント」

ディーンが笑いながら、テーブルに立てかけられていたクリスの剣を手に取る。

とりあえずマントっぽいものを【収納】から出して、クリスの肩にかける。

「これ使いなさいよ」

ハウロンも大きなブローチ――マント止めを出してきた。声がちょっとやさぐれてるけど。

「おー、いい感じだな」

エールを飲みながらレッツェ。

「『これでもう1回お願いします』」

もう一度精霊たちがきゃっきゃと楽しそうに精霊金に触れる。

「『ありがとう』。完成」

「すげー！　アッシュの腕輪ん時もすごかったけど、こっちもすげー」

出来上がりというか、できてゆく過程に感動してるディーン。

「まさか私がそのまま像になるなんて……。すごいね！」

「本当にすごいわね。人の精霊に気軽に……」

クリスが大袈裟《おおげさ》に感動し、ハウロンが涙を拭う。

「これで街というか、村に飾っとくから」

「私の像はともかく、精霊金だよ？　盗まれないのかい？」

「大丈夫」

精霊警備つけるし。

「で？　こっちは？」

レッツェが潮涸珠を指差す。

「玉です。俺が正直に言うと色々ダメなことを発見したので、クリスに聞いてくれ」

ほっぺたの人権は守るよ！

「海中にものを落とした時に使う玉だそうだよ。もっとも私は海に行く機会がほとんどないし、この美しい虹彩《こうさい》を楽しむくらいだね！」

クリスが笑顔で言う。

確かに優しい虹彩が綺麗だ。一応ハンカチに載せてるんだけど、真珠ってどう扱うのが正しいんだろう？　いや、真珠じゃないいんだけど、なんか柔らかそうな印象の玉なんだよね。持った感じはちゃんと硬いんだけど。

「真珠にしちゃデカいが、海神セイカイがくれたってぇなら真珠なのかね？」

ディーンが首を傾げながら『潮涸珠』を覗き込む。

「ともかく大きさは一見、真珠に見えるけれど――もしかして海神セイカイの雫なのかしら？」

ハウロンがクリスの像をちらちら気にしつつも、『潮涸珠』を見る。

大賢者、クリスの像を気にしてないで、その玉の正解に辿り着いて！　あなたならできる！

カーン、カーンでもいい。精霊金と鎧の関係に気づいたその知識と勘で、ぜひ！　あ、腕を組んで寝直してる。いや、寝てはいないんだろうけど、目を閉じて難しい顔をしている。

このまま俺だけが『潮涸珠』の秘密を抱えているのもなんか嫌なんですよ。ハウロン頑張って！

「で？　本当はこれにどんな効果があるんだ？」

レッツェ、俺に聞いてくるのは反則……っ！

「クリスが言った通りの効果です」

目を合わせない俺。

「……で？　どんな効果だ？」

「名前が『潮涸珠』だし、たぶん使うと海が割れるか引くかして海底が見える」

二度訊《たず》ねられて正直に答える俺。

「え！　落とし物が浮かび上がってくるんじゃないのかい⁉　名前で効果がわかるとは、そんなに有名なものなのかい⁉」

驚き慌てるクリス。

蹂躙されるほっぺた。

「お前は、気づいてたなら教えてやれ」

「教える暇もなくセイカイは海に帰ってったし、不可抗力です」

「『潮涸珠』って名前なのか。馴染みねぇなぁ」

ディーンが『潮涸珠』を指先でつつく。

「ちょ、やめなさい！　本当にそれが『潮涸珠』ならば、海を動かして１００の軍船を破壊することもできるものよ！」

「いや、ここ海ねえだろ。こいつはカヌムではただのデカい真珠でいいじゃん」

血相を変えて止めるハウロンに、どこか呆れたように告げるディーン。

「そ、それもそうだね。大きな真珠だね！」

冷や汗を掻いていたクリスが、ディーンの言葉にぱぁっと明るくなる。

「レッツェ、確かにこの『真珠』を受け取った時、すぐに海神セイカイは海へと沈んでゆき、私はその背にお礼を告げたんだ。ジーンに止める暇はなかったよ。神と呼ばれる精霊から渡される品の効果を、想像しきれなかった私の不覚さ。だからジーンに罪はないよ」

クリスの言葉に、餅みたいに伸ばされていたほっぺたが解放される。

クリスいい奴、俺の代わりにほっぺたの刑を受けるなんて。って、あれ？　クリスのほっぺたは伸ばさないの？　正直に名乗り出たから無罪放免？

「ヤバすぎて使うことも売ることもできねぇ。せっかく働いたのに、こっちも飾りにするしかねぇぞ？」

肩をすくめるレッツェ。

「眺めては冒険譚《たん》を思い出す酒の肴にするよ。本当に素晴らしかったからね！」

「クリスの話を聞いてると、羨《うらや》ましく思えてくるわ。絶対酷い目に遭《あ》ってると思うのに」

前向きで明るいクリスと、正反対なハウロン。

かりんとう饅頭と一緒に沈んでくれそうではある。千夜一夜物語じゃなくって、心中ものになっちゃいそうだからダメだな。いや、マントルに沈んでもかりんとう饅頭は無事なのか。

「今度、機会があったら誘うよ」

もうちょっと開放的なところに行く時に誘おう。

「……ついていったら、アサス様とかエス様とかが酷かったのを思い出したわ。ちょっと考えさせて……」

視線を彷徨わせ、席にすとんと座るハウロン。

急に正気に戻らないでください。

「知識欲、知識欲はどうした？」

頑張ってハウロン。

「まずはレッツェを今後どう誘うかよ。冒険者ギルドの指名依頼は止められてしまったし——」

「本当に、俺を連れていこうとするな。死ぬからやめろ」

恨《うら》みがましくレッツェを見て、渋面で返されてる。

「エスでもメールでも傷一つなかったじゃない」

「エスは周り中が、俺を瞬殺《しゅんさつ》できるようなのばっかりだったろうが！」

大賢者に頼られるレッツェ。さすが兄貴！

「——お前、なぜセイカイより強大な精霊と契約してるんだ？」

暖炉の前に座ったカーンがいきなり聞いてくる。

なんでバレた⁉　あ、カーンは『王の枝』だったな。俺が契約した精霊を使えるとか言ってたし。

ダダ漏れ⁉

「海神セイカイよりも強大な……？」

レッツェを説得していたハウロンが、動きを止めたかと思うと、ギギギみたいな、ぎこちない動きで俺を見てきた。

おじいちゃん、今度関節にいいメニューを出すね。

「ちょっとそこにいた大気の精霊と契約しました」

「ちょっとでこれか？」

片眉を跳ね上げてカーンが言う。

「ちょっと魔力をほとんど全部持っていかれました」

「おい……」

レッツェの椅子がガタリと音を立てる。

「ハウロンから学んだ魔力回復方法で倒れなかったので、大賢者すごいと思いました。主に握力」

「握力なの⁉」

ハウロンが叫ぶ。

「あんま危ないことすんなよ？　魔物がいないところでも、危険はいくらでもある」

レッツェが座り直して、酒を飲む。

「——うん。安全確実な場所以外では、大物っぽい精霊の名前はなるべく呼ばないようにしてるんだけど、精霊って特徴がそのまま名前になってるパターンが多くって」

よく罠《わな》にかかります。

「海神セイカイもジーンと契約しようと、グイグイしてたからね。海神セイカイについては、ジーンも本気で嫌がってはいないようだったけれど。精霊によってはジーンに名前を言わせるために、迫るだけじゃなく誘導してくるかもしれない。すごいけれど、大変そうだよ」

クリスが心配そうに言う。

ぐいぐいのニュアンスが微妙というか、物理ですね！

「契約自体は嫌じゃないのね？」

ハウロンが確認してくる。

「ぐいぐい来る精霊には引くけど、契約自体は嫌じゃないというか、する方向。ただ、あんまり精霊の比重が高くなると、世界のバランスが崩れて精霊の世界になっちゃうのかな？」

「ぶぼっ！」

ディーンが盛大に吹き出す。

「それはどういう？」

真面目な顔をするハウロン。

「人間の目に見える精霊が増えるだけならともかく、人間に憑いて主導権を奪うというか、人間が人間でいられなくなるやつ。魔物に憑いた黒精霊みたいに、精霊の感情にそのまま引きずられる——感じじゃないかと思ってる」

「なんでジーンの契約精霊が多くなると、世界がそうなるの？」

どこか優しい声で聞いてくるハウロン。

別に懐柔《かいじゅう》しようとしなくたって教えるぞ？

「俺の契約精霊がというか、精霊全体が強くなると、そうなるって話。元々、神々から俺が頼まれたことは、精霊との契約だけじゃなく、ものを作って発展させて、物質界を豊かにすることがセットでついてるんだよ。精霊《せいしん》も物質も偏るのはよくないって」

「……魔力が無限にあったとしても、いきなり全ての精霊と契約して強化するのは危ない、のね？」

「そう。勇者たちが精霊を絶賛消費してるから、ある程度は平気だろうけど。光の精霊はちょっとまずいかな？　精霊の偏りも物質界に影響があるから」

実際どうなるか知らないけど。光ばかりが強くなると、夜がなくなったりするんだろうか？

それとも太陽を見るような、ずっと眩しい世界？

俺の守護神の2人は光の精霊だし、座布団をはじめ城塞都市で結構光の精霊と契約しちゃったからな。光の玉が勇者を守護してるせいで、勇者たちも光の精霊を使い潰すってことはしないだろうし。

「世界云々《うんぬん》も怖えが、お前も精霊に引っ張られないようにしろよ？」

レッツェに釘《くぎ》を刺される。

——もうだいぶ引っ張られてるというか、元々偽《にせ》勇者のように、この体は精霊に作られた人形《チェンジリング》。最初は日本の記憶というか、人間として生きてきた記憶が強くて、特に疑問にも思わず元のままの人間だと思ってたけど。

「みんながそばにいる限りは大丈夫」

俺が物質界《ここ》にいたいと思う限りは。

「物質界を豊かにとは、具体的に何をする？」

カーンが腕を組み、難しい顔をして聞いてくる。

「住みやすくて、食料の心配がなくって、人や動物が増えればいいんじゃないかな？　精霊灯みたいなのとか、精霊が関わったものならなおよしっぽい？」

「ああ、火の時代も全盛期は大灯台といい、精霊が関わったものが多かったわね。風の時代は風の精霊の運ぶ土が今よりずっと多くて、中原は豊かな穀倉地帯だったし」

色々思い当たったらしいハウロン。

「――自分が自分じゃなくなるってのは怖いな」

「私は私として、精霊とよき隣人になりたいものだね」

レッツェとクリス。

クリスは懐《ふところ》が広い。すごく広い。

「世界が俺の知ってる世界じゃなくなるってのも怖いな」

ディーンがちょっと引いている。

「精霊苦手か？」

魔法陣で精霊を見せた時、特に怖がってても避けてもいなかったと思うけど。ディーンも懐広いよね？　なんで？

「俺は綺麗で柔らかいねーちゃんの胸に顔を埋《うず》めたいの！　触れなきゃ嫌なの！　美味いものも食いたいの！　精霊と混じっちまったら、色々変わるだろうが！」

どんっとジョッキを置いて青年の主張。

「ああ、うん。セイカイのイルカはぱつんぱつんの、濡れた茄子みたいな触り心地だったよ」

「ぱつんぱつん……？　茄子？」

先ほどの勢いを完全に止めて、怪訝そうな顔で俺を見るディーン。

「こんな感じです」

【収納】から、よく育ったみずみずしい採れたての茄子を取り出し、コップの水につけてディーンをぐりぐりする。

「あっ！　ちょっ！」

身をくねらせるディーン。

「本物のイルカとどう違うの？」

ハウロンが聞いてくる。

「俺、本物のイルカにぐりぐりされたことないぞ」

なのでわからない。

「まあ、普通そうだな」

レッツェがこっちを見ずにボソリと言う。

イルカショーとかないし、海辺に住んでるわけでもないからな。イルカにぐりぐりされる機会なんてない。

「検証するならこれあげるから、本物のイルカに会いに行ってください」

ハウロンに茄子を渡す。

「水に浸かるの嫌よ、アタシ」

「ディーン連れてけばいいんじゃ？」

「そうね」

ハウロンと2人、ディーンを見る。

「そういうわけでディーン、頑張って」

「何をどう頑張るんだよ！」

「で？　今回は海神セイカイを助けて、セイカイとそれより大きな大気の精霊と契約してきたんだな？」

話をまとめるかのように確認してくるレッツェ。

「うん。なんか南天の大気の精霊だって」

「……っ」

ハウロンがガタンと音を立ててテーブルに突っ伏した。ガタンとしたせいで、椅子の位置が離れ、なんかへっぴり腰になってる。握った茄子でダイイングメッセージが書けそう。

「今さらじゃね？」

ジョッキを口に持っていきながら、ハウロンをつつくディーン。結構酔っ払ってる。

「なんで、なんで南天なのよ！　内海はまだ赤道は越えてないでしょ⁉」

がばっと起きてハウロン。

「そうよね！　大気の精霊はよく混ざり合う、南天と呼び表すのはそちらにいることが多い、というだけよね！　天の赤道から太陽の行く黄道だってずれてるわよね！」

ハウロンが自分で自分に解説。茄子をマイクのように持ってぶるぶるしてる。

「めちゃくちゃ言い始めたぞ、おい」

つついておきながら、ディーンがジョッキを胸に抱えて引いている。

「赤道ってのがあるのは知ってるけど、俺たちみてぇな、生活する場所からあんまり動かない人間には関係ないな。北といえば多少方角が違っても黒山だし、南っていえばナルアディードやエスのことだ」

レッツェがつまみを食べながら、関係なさそうな顔をしてる。

「例えが壮大すぎて、凡庸《ぼんよう》な私たちには難しいよ」

クリスが困った顔。

うん。いきなり赤道とか天とか言われても困るよね。俺も困ってる。

「そういう規模に片足突っ込んでるの！　ジーンが！　北天は、眷属は活発だけれど本人は不動だって聞くし、もっとこう、ちょっとだけ可愛らしいのを想像してたのよ！」

激昂《げっこう》して立ち上がるハウロンおじいちゃん。関節に続いて、高血圧にいい料理を模索するべきかもしれない。

「さすが大賢者、精霊のことにも詳しい。事故防止に今度色々教えてくれ」

「え？　ああ、いいわよ？　どんな話からがいいかしらね」

教えを乞《こ》うたら、急に普通になった。普通の顔をしてすとんと椅子に座り直す。

大賢者、ちょっと普通の人と違う。

「切り替え早い！」

ディーンも驚いている。

「海の中は楽しかったか？」

「ものすごくカオスだった」

レッツェに答える。

「精霊の胎内《たいない》に入ったようなものでしょ？　まだ何かの法則があることがわかるだけマシだわよ。有名どころだと、『決して振り返らない』『声を上げない』『何も持ち帰らない』とかね。

今回の場合、『物語りをすれば進む』ってことかしら」

ハウロンが言う。

「なるほど、あそこは話に聞く『妖精の道』だったのだね？」

「『妖精の道』もそうね。精霊界と物質界の境界が入り混じる『あわい』の世界。時間も距離も、全てが狂う精霊の世界を垣間《かいま》見てきたんでしょ」

クリスにハウロンが答える。

「え？　あれが『あわい』？」

そうか、確かに半日じゃ、普通はそう深くまで掘れないよね？　感覚的にすごく深いところまで行ったと思ったんだけど。でも、時間も距離もおかしいなら納得だ。

「道を開く精霊によって違うんじゃないかしら？　有名どころだと、黒山の迷いの空間、滅びの国にある惑わしの霧。行ったことがあるけれど、この2つは意地が悪くて隠々滅々《いんいんめつめつ》としてたわね。比較的安全で綺麗だったのは、光の葉の道かしらねぇ」

クルクルと自分の髪を指で巻くハウロン。

「なんかハウロン、賢者っぽい」

「元々賢者よ！」

俺よりいろんなとこ行ってるし、色々考察してる。

俺は西の海の向こうにあるという、滅びの国にはまだ行ったことがないけど、黒山ちゃんのとこなら行った。ただ、『あわい』じゃなくって、普通に山の中に受け入れてくれたけど。

気に入らない人は『あわい』で迷わせて、最後は『精霊界と物質界のねじれ』にぽいぽいしちゃうんだっけ？

「案内がないまま立ち入ると、帰れる保証はないんだから。好奇心に負けて入るんじゃないわよ?」

「はーい……、ん?　いや、帰れるかな?」

素直に返事をしようとして引っかかる。

「なんでよ?」

「だって、クリスを迎えにカヌムに戻った時、すでに海の中だったたし」

【転移】で戻れます。

「そうだね。連れていかれた先は、空の見えないキラキラ光る海の中。エメラルドのように美しいカメの背だったね」

クリスがうっとりと言う。

――エメラルド?　あのカメ、保護色をしてた気がするけど。ああ、クリスにはカメというか、精霊が輝いて見えてたのかな?　海中はとても綺麗だったけど、カメが綺麗だった覚えは一切ないぞ。気の持ちようとか先入観だろうか。

俺だって音を奏《かな》でる石の精霊や、塩の結晶の世界で鯨《くじら》と会った時には、すごく綺麗だと思ったし、カメが悪いと思います。

「【転移】……。一族の血で贖《あがな》う秘術が……。そう、高みはそこまで……」

ハウロンが茄子を握りしめてブツブツ言い始めた。

「無事で何よりだが、あんまそっちの世界に行くなよ？　お前が違うモノになっちまったら、ここにいるみんなが寂しがる」

「うん。行かない」

酒を飲みながら言うレッツェに答える俺。落ち込んでるハウロン、笑い上戸《じょうご》と泣き上戸を併発し始めたディーン、心配しながらも釣られて笑うクリス、暖炉の前で動かないカーン。

うん、行かない。

4章　東への旅

精霊にはならない。

それはそれとして、俺は竹が欲しい。もっと言うと耳掻きが欲しい。筍《たけのこ》はあるんですよ、『食料庫』に皮つきのが。

でも下はばっつり切ってあるし、このあたりの精霊たちはこんな形の木は見たことがないらしく、ちょっと精霊に頼んでズルして育成もできそうになく——レッツェたちに見せたら説教されそうな、金の筍はできたけど、竹には育たなかった。

そういうわけで俺は東を目指す。知らない精霊に会いまくる危険もあるけれど、知らない世界を見るのは楽しいし、メール人たちのような出会いもあるはず。

あ、でもその前に。

畑の手入れと物質拡充のお仕事。もちろんリシュともたっぷり遊ぶ。リシュに向かって手を伸ばすと、いつもはピンと立った耳がぺたんと寝て正面から姿を消す。撫で待ちである。うちの子可愛い。

耳のくっついてるとことか、ほっぺたのあたりとか、毛の生えている方向の切り替わり？

毛の種類が変わる境目？　そのあたりの凹凸《おうとつ》の毛並みが可愛いと思うんですよ。リシュは全体的に可愛いけどね。

『家』でやることをやったら、【転移】して島。ソレイユからは商売的なこと、アウロとキールからは島のあれこれを聞く。

俺がのこのこ来ると、ソレイユの予定が狂うことが多いから、報告や相談は一応毎月一日《ついたち》と決めた。それでもやっぱり飛び込みで用事を頼んだり、様子を見に来て邪魔しちゃうこともあるけどね。

商談相手の方が島に来たがるおかげで、ソレイユも時間に余裕はできたみたいだけど、ナルアディードに商品を実際に見に行ったりするし、この世界の住人としてはものすごく忙しい。

「メール小麦、届いたわよ」

「早いな？」

船の修理を大急ぎで終わらせて来たにしても早い、はず。俺は【転移】で行き来してるから実感ないけど、ハウロンが教えてくれたメールからナルアディードの航海日数と合わない。

「キャプテン・ゴートが言うには、海峡に入った途端に押し流されて、あっという間にナルアディードが見えた、そうよ」

両肘を机につき、組んだ手に顔を載せたまま俯いて、俺と目を合わせないソレイユ。

セイカイか、セイカイの仕業《しわざ》か！

「……まあ、そんなこともあるか」

精霊がいる世界だもんな。船長は猫だし。

「ないわよ！！！」

がばっと顔を上げて短く叫ぶ。

「なんで!?　猫船長がいるんだから、そんなこともあるだろう!?」

猫船長に会ってるんだよね？

まさか俺だけ姿が猫に……いや、レッツェにも猫に見えてたし、猫だぞ？

「キャプテン・ゴートは猫だろうと立派な船長よ？」

「え、うん？」

真顔で言い返されたんですが。この世界では、猫の船長は精霊よりも常識なんだろうか。

「ソレイユは昔からキャプテン・ゴートのファンだ」

「ソレイユ様は、目の前に『ある』ものはそのまま受け入れる傾向があります」

「我が君、ソレイユは現物主義なのですよ。当初は少々混乱いたしますが……」

キール、ファラミア、アウロが代わる代わる俺に告げる。そういえば、大広間に設置した荘厳な音楽の鳴る石とか、ちゃっかり商売にしてるみたいだし、蜘蛛《くも》の精霊のレースも売ってるし、現物があれば慣れて受け入れるというか、商売にするのか。

猫船長の存在は叫ぶ時期をすでに通り越して、受け入れてるんだな。

「だいぶ早まったみたいだけど、メール小麦の取り扱いは予定通りに頼む。そういえばリプアって、やっぱり旱魃で参ってるのか？」

リプアは、領民ごと土地を買い取らないかと俺に持ちかけてきた領主の治める土地だ。

「リプアに限らず、参っているわね。飛び地で育てているトマト、あれをリプアでも育てさせてくれないかって打診が来てるわ」

ソレイユが俺を見る。

「うん。トマトも含めて、いくつか乾燥に強い野菜を本格的にお願いしようか。あと英雄クリスが、旱魃の原因だった精霊を仲間のところへとお引き取り願ったから、すぐにってわけじゃないけど気候はだんだん元に戻るぞ」

とりあえず野菜の種類と流通を増やす方向。トイレというか下水関係はカヌムが頑張ってるし、バスタブはパスツールが頑張ってる。宝飾品や服の類は、勇者たちが頑張ってるみたいだから放置。

あと何があれば人が増えるかな？　人が増えれば物質《もの》も勝手に増えると思うんだよね。安心して暮らせる世界には法整備がいりそうだけど、面倒だからパス。

領地に入ってきた人は身ぐるみ剥《は》いでいい獲物《えもの》だと、未だ思ってる場所が多すぎてこう……。まずその征服からとかになりそうだし。

「待って、旱魃が解消するの？」

「うん。土地への影響もあるし、場所によっては年単位でかかるだろうけど」

すでにカラカラに乾いて、植物が生えない土になってたりね。枯れた木々が育つまで時間がかかるだろうし。

「商機だわ！」

ガタリと立ち上がるソレイユ。

ああ、主に食料関係で流通するものの種類や量が変わるし、他より先に供給が増えることを知っていれば、やりようはあるだろうな。小麦を売り抜けて、代わりに他のものを買い叩くとか。

「あ、これ解決の立役者、英雄クリスの像ね。『精霊の枝』代わりに飛び地に飾っといて」

【収納】から取り出して、ソレイユの執務机に置く。

なお、不埒者《ふらちもの》の迎撃は本像がします。精霊金の剣の切れ味ってどうなんだ？

「ちょ、地の民の傑作の上に、硬いものを雑に……っ！　って、精霊金!?」

執務机から持ち上げようと、クリスの像に取りすがったソレイユが目を見開く。

ソレイユの悲鳴が響く。

クリスの彫像――いや、彫ってないな？ 鋳物《いもの》でもないし、こういう場合はなんて言うんだろう？

精霊金の表面に『細かいの』がまとわりついている。まとわりついているというか、出入りしている？ そのせいか、精霊金は普通の金よりキラキラしてるし、明かりがなくてもうっすら輝く、らしい。

『細かいの』が見えるんで、精霊と精霊金のどっちが光ってるのか俺にはよくわかってないんだよね。１回精霊が見えない状態で見てみようかな。どっちにしろクリスの像は輝いてそうだけど。

俺の塔の精霊鉄も、昼間は全くわからない程度だけど、朧《おぼろ》げに光ってるはず。精霊灯を点《つ》けてるから夜もわかんないけどね！

「これ……こんなの市場に出したら価格が崩壊する……」

「いや、出さないぞ？」

俺の自由にしていいと言ってたけど、やっぱりクリスのものだと思うしね。

「ええ、出さないでちょうだい。そして重み、重みで机の天板がへこみそうだから、へこみそうだからあああああああ」

半泣きのソレイユ。

金は想像するよりすごく重い。ソレイユが両手に取って持ち上げきれず、プルプルしている。

すかさずキールがクリスの像を掴み、床に下ろす。

「うう、精霊金の塊、この動き出しそうな像を床置き……」

ソレイユはこの精霊金で商売をする気はないようだけど、高いものの直置《じか》きに抵抗があるようだ。

あと動くと思います。

「我が君、飛び地に設置する態勢ができるまでお預かりください。――警備していることがわかるようにしませんと、いたずらに盗人《ぬすびと》が訪れ、手始めにと周囲の家に押し入るかもしれませんし」

あー。クリスの像は大丈夫でも、とばっちりが周りに行く可能性があるのか。アウロもキールも、人間がどうなろうと気にしないみたいだけど、俺の領の住人が欠けることがないよう気にしてくれている。

「うん、わかった」

「いっそソレを囮《おとり》に据えて整えよう」

悪い顔をして笑うキール。

「来るのが悪いのですからね」

いい笑顔のアウロ。

……いや、駆除《くじょ》することを楽しんでいるのか？　せめて守る方との両方に意気込みがあることを願っとこう。

住人の募集は締め切って、これ以上は外から受け入れない。代わりに観光客を増やす。宿屋の準備も整ったしね。

ただそれでも申し込みがいっぱいだそうで、船着場のそばにある合宿所みたいな宿は、月にいっぺんナルアディードで抽選会をやってるんだって。

広場に面した高級宿は、島の『精霊の枝』への寄付額が多い人なら泊まれるという、一種のオークションみたいなことになってるようだ。ちなみに宿代は別。ナルアディードの商業ギルドと海運ギルドの長が一番いい部屋を張り合って、連泊してるそうだ。

滞在制限をつけてるし、交代で来ればいいのになんでか被るんだって。儲かるからいいけど、島相手の商売でも張り合うし、少し鬱陶《うっとう》しいって、ソレイユがこぼしてた。

おやつにチーズタルトを渡して報告会終了。

「そういえば、『精霊の枝』に人間サイズの楽器が揃いました。楽器の手入れをする人間も雇いましたが、こちらは劇場の手伝いも兼ねます」

「ああ……」

あの埴輪《はにわ》に楽器、騒音公害で訴えられたらどうしよう。一応、周りに普通の民家はない配置なんだけど。

「管楽器と弦楽器で揃え、打楽器などは避けました」

にっこりとアウロ。

やっぱりうるさい判断なんだな？

「劇場の方は始まったのか？」

広場に面した劇場は、音楽堂も兼ねている。

演劇の効果音が生音《なまおと》というか、まあオペラみたいな感じなので、舞台は奥行きが広く、音がよく響くように作られている。響けばいいってもんじゃないけどね。

楽器の演奏や一人芝居みたいなのはちょこちょこやってるんだけど、本格的なのはまだだ。

どちらかというと、劇場の広場に面した階段でやってる確率の方が高い。

「本格的なものはまだです」

「専属の劇団はいないけど、ナルアディードに来る予定の劇団に寄ってもらう予定よ。観光客がもっと増えてからじゃないと、客席が埋まらなくって元が取れないわ」

アウロのあとをソレイユが継ぐ。

「なるほど」

巡業みたいなものかな？　呼ぶのにも金がかかるだろうし、初日は住人で埋まるかもしれないが、そのあとは観光客がいないと、島にいる人数的に辛そうだ。

「すぐよ。すぐに劇団や音楽家が、ぜひ上演させてくれって頼んでくるようになるわ」

ソレイユがニイっと唇を持ち上げる。

「そういえば、『精霊の枝』に一晩置いたバイオリンの音色が艶《つや》やかになったとか、楽器職人が言ってたぞ？　大丈夫か？　伝説の楽器なんかできないだろうな？」

キールの言葉に目を逸らす俺。

『精霊の枝』で精霊を立ち入り禁止にするわけにはいかないんですよ！

◆◇◆◇◆

昨日、島と畑の確認を終えて、今日は東への冒険を再開する。ハウロンにメール小麦が着いたことは伝えたし、お弁当は持ったし、準備よし！

メールで出会いとかが色々あって、セイカイに絡まれたりで止まってたけど、海岸線を東に辿ってゆく途中だったんだよね。

クリスの像は、とりあえず俺の『収納』の中。金の鎧を潰したもの（推定）だから、等身大というわけじゃないけど、4分の1スケールクリスみたいな何かだ。当然ながら金の鎧は人が着られるように、中身はないからね。それでも40キロオーバーはある気がするんだけど、ソレイユ結構力持ちだな？

考え事をしながらメールの地に【転移】。ここから、神々にもらった地図にある場所のギリギリまで【転移】。人間が制作したナルアディードの地図は、不完全なんだけど、もう少し先までポツポツ到達地点があるみたい？

俺の地図と比べると、すでにだいぶ陸の形が違う。俺が手に入れられた範囲でのことなんで、もしかしたらもっと細密な地図があるのかもだけど。

海岸線を地図に出しつつ、陸の中を行く。地図が海だらけになっても困るし、なるべく陸地を表示していきたいところ。精霊に名付けて、地図に陸地が現れるのが楽しい。時々失敗して海岸線が出なくって、戻ることもあるけど、それもまたよし！

今俺がいるところは岩ばっかり、細かく崩れた岩が層の上に薄く積もって、そこに根の浅い草がたくさん生えてる感じの場所。

乾燥してるせいか、枯れ草混じりで綺麗な緑色とは言えないんだけど、秋から冬になるくらいの日本の畦道《あぜみち》みたいな印象。暑いけどね。

人の気配はなく、代わりに岩の精霊と馬がいる。そう、なんか馬の群れがたくさんいる。サラブレットみたいなやつじゃなくって、もう少しずんぐりしてるやつ。少し筋張って見えるけど、力強く速い。

『なんでこんなに馬がいるの？』

名付けた精霊たちに聞く。いや、俺が知らないだけで野生馬《やせいば》ってこんな感じ？

『馬はいい生き物なん。だから精霊も手助けするなん』

『人が馬の王に枝を渡して繁栄を願ったなん。人は滅びて枝は朽《く》ちたけど、岩の精霊との盟約《めいやく》が少しだけ残ってるなん』

『盟約がなくっても、馬はいい生き物なん』

よし、今日の昼はヒマラヤカレーにしよう。ナンはチーズ……いや、普通の方がいいかな？チーズナンはあとでおやつにしよう。

って、そうじゃなくって。

『人が馬に枝を譲ったの？』

『なん。人のくせに人嫌いで馬が大好きだったのなん』

『そう聞いたのなん』

『前はいっぱい人がいたのなん』

『詳しいことが知りたいなら、人のいない人の家の精霊に聞けばいいなん』

口々に言う精霊たち。

意思の疎通がスムーズなのは、ここが昔、人のたくさんいた土地だからかな？　栄えたのは岩だか巨石だかの文明の時代あたりだろうか？

なんなん言う精霊たちは、鶯色の衣を纏って風に吹かれている。たぶんこの草原の精霊なのかな？　草は馬にもしゃもしゃされてるけど、なんか嬉しそう。馬が思い思いに過ごして自由だ。

ルタを連れてこようかな？　いや、喧嘩《けんか》するかな。

『ありがとう、聞いてみたいから家の場所教えてくれる？』

『僕らは近づけないなん。あっちにあるなん』

精霊が指す方向は、内陸の方。

『えーと、近づけないって、おっかない精霊なの？』

『なん！　真っ黒だからなん』

『食べられちゃうなん』

……。

黒精霊に会うの勧めるのやめてくれないかな⁉

精霊はこれだから油断ならない。

『その精霊しか知ってるのいないの？』

『詳しいのは人のいない人の家の精霊なん』

『一部始終を見ているなん』

人のいない人の家って、廃墟《はいきょ》？　なんか昔からいる力の強い精霊が、黒精霊になった雰囲気が言葉の端々からするんだけど。もしかして人が住んでた都市の遺跡とか、城の遺跡かな？

普通の民家が本体じゃ、朽ちて力を保てない気がするし。遺跡に住み着いた強い黒精霊かもしれないけど。んー、でも一部始終を見てたってことは、元々そこにいたのかな？

竹は欲しいけど急ぐ旅じゃなし、ちょっと寄っていこう。やばそうなら見るだけで逃げる方向で。馬の繁栄を願った人の話って、ちょっと気になる。

でもその前に安全なところでカレーだね！

なんなん言う精霊たちが示した方向に【転移】。岩山と、低い岩が突き出たとこ以外は草原。結構見通しはいいけど、建物っぽいものは見えない。

草に埋もれてるとかいうオチはないよね？　石の文明の時のものなら、建物もきっと石、ある程度原型を留めてるんじゃないかと予想してるんだけど。

『地図』は、ウフのおかげで南半球が大体埋まっている。北も少し。この地図に出てるとこと出てないとこの、多い少ないの境目が赤道ならだけど。風の精霊とか色々いるし、全部ウフの眷属ってわけでもないようだ。それでもすごいけど。

すごく詳しい場所は、大気の精霊たちかウフ本人が低いとこまで行くところ？　もしくは興味のある場所？　『地図』はまだ謎が多いね。

謎はともかく問題は、俺の行ったことがない場所も『地図』に出ちゃったんで、どこに行ったか行ってないかがわからなくなるとこかな。今はまだ南半球は、ドラゴンの大陸の突端くらいしか行ってないからわかるけど。

とりあえず北半球を埋めよう。でも楽しむことを忘れずに。

で、黒精霊との争いになるかもしれないので、今は腹ごしらえ。ナンですよ、ナン。

応用が利くように、『食料庫』に望んだものは食材と、再現の難しそうな調味料系が中心。そして、料理があれだった場合に備えて、おにぎり、豚汁、カレーライス、ハンバーグ、某カップ麺など、料理そのものもいくつかリクエストしている。

食べたことがあるものなら【全料理】で再現できます！　とか言われても、どんな能力なのかさっぱりわからなかったしね。

選んだ基準は、俺がローテして食べても飽きないもの、時々食べたくなるけど再現が難しそうなもの。というわけで今日のカレーは、学校帰りに何度か食べたことがある、ヒマラヤカレーを名乗る店のマトンカレーです。

少しオレンジっぽいカレーには、玉ねぎ、トマト、ニンニク、生姜《しょうが》、クローブ、シナモン、ターメリック、レッドペッパー、ブラックペッパー、カルダモン……、【全料理】を持ってる今ならわかるけど、日本にいた時は、ガラムマサラって単独スパイスだと思ってたくらいだし。

こっちに飛ばされて、まともに食べていなかった時の記憶のせいで、【収納】にはこれでもかってほど食料を詰め込んでいる。能力をもらってもいつかなくなるんじゃないかと少し不安があったんで、しばらくは【収納】に入れとく以外も食べ物を持ち歩いてた。

俺が食べ物に執着してるのは、完全にあの体験のせいだ。日本にいた時は食べることにここまで興味なかったもん。飯と寝床《ねどこ》は大事です。

馬たちがもぐもぐと草を食《は》むのを眺めながら、ほかほかのナンをちぎってカレーをすくい、もぐっと。うん、美味しい。

距離があるし、こっちを気にしてない風に悠然《ゆうぜん》としているけど、馬の耳が時々俺の方に向く。慎重に距離を測りつつ、俺がどんなものか見ている感じ。大丈夫、警戒しないで？　俺も見てるだけです。

煮込まれたマトンは柔らかく、それでいて噛みごたえがある。時々ローリエがゴワッと口に残るのも懐かしい感じ。ぺっと吐き出してマンゴーラッシーを飲む。これは俺が作ったやつ。カーンの国でマンゴーを作ってもらう計画だけど、植えるための整備の進捗《しんちょく》を聞かないと。ナンはバターたっぷりで、時間が経つと染み出してきちゃうんで、冷めないうちにさっさと食べる。ご飯でもナンでもカレーは飲み物だね。

さて、出発。

【転移】して名付けて方向を聞き、また【転移】して名付けて方向を聞く。だんだん精霊の数が減ってくる。黒精霊に近づいてきてるからかな？　魔の森は黒精霊もいるけど、普通の精霊もそこそこいたんだけど。

魔の森は、木や石や土のような、そこにあるものが精霊の本体だったりしたので、それらは黒精霊より強くて、他の精霊を守ってたり隠していた。この場所と違っていろんなものがあって、さまざまな精霊を受け入れてた印象。

黒山では、黒山ちゃんが普通の精霊たちを受け入れて、同じ場所にいるようでも黒精霊たちと少しずらして、お互いに触れられないようにしてた。

ここはもしかしたら、精霊たちの言う黒精霊が一番力のある精霊なのかもしれない。近づかないに越したことはない、と。

みんなに叱られそうな気がちらっとした。最近、続けて大きな精霊と契約したせいで、黒精霊の契約とのバランスが取れてない。いや、これはバランスを取らなくてもいいのかな？　でも契約すると痛みが取れるみたいだし。

ユキヒョウの友達の馬に聞いた話だと、黒精霊の怒りと痛みに支配されてる感じは、契約するととりあえず痛みは治って冷静になれるとか。元々ある程度思考ができる精霊だけが落ち着くのかもしれないし、人間嫌いなのはそのままらしい。

まあ、痛くなくなるならいいことだよね。

小さな黒精霊をむぎゅっとして名付ける。

目の前には、積まれた石が崩れた建物。足元の草原も草はまばらで、敷かれた石畳の隙間から生えてる。太陽が照っているのにそこだけなんか暗い、少し迷宮に雰囲気が似てるかな？　なんというか、いかにもな感じ。

「エクス棒」

腰からエクス棒を引き抜く。

「あいよ！」

棒が伸び、ぽこんと先が開いて、やんちゃなエクス棒が姿を見せる。

「割と雰囲気のある場所だけど、平気？」

「平気、平気！」

ということで、冒険です。馬に譲った話も気になるしね！

石畳の隙間から生えている草をエクス棒で払いつつ、一番大きな建物の入り口を目指す。石畳はずれて、傾いでいるのはあるけど割れてない。端の欠けくらいはあるけど、なんというかどれだけ厚いの？　みたいな。

タイル状じゃなくってキューブ状なのかも。付近の建物は、崩れてるというより倒されてる、みたいな感じ。これ、建材を誰かが持ってったな？　石畳が乱れてるのも、掘り起こす時に大きくずれたって感じ。

人工的な石材と、自然のまんまみたいな巨石が、混在してるのが先に見える。今まで見てきた、縦に割れて崩れやすそうな低い岩山じゃなくって、いかにも固そうな灰色の岩がゴロゴロしてる。

卵型とか平たい丸いやつとか、なんか河原にあるような形のでっかい岩が、そこかしこにある。このあたりで採れる種類の石じゃないような？　石が採れるところに街を作ったのかと思ったけど、違うのかな？　わざわざ運んだの？　いや、この不思議な石が初めにあって、やっぱり街をあとから？

進んでいくにつれて、小さな黒精霊が目につく。エクス棒の先でピシッと押さえて、名付け。

『はいはい、馬石黒1号』

『馬石黒2号』

「わははは！　相変わらずだな、ご主人！」

「いいんだよ、わかりやすければ」

笑うエクス棒にそう返す。

だって仮の名前だし……って、今さらだけど、黒精霊も仮でいいんだろうか。普通の精霊のように、何かに興味を持って好いていた相手と、改めて縁を結ぶって。黒精霊の場合は、どう考えても悪いことに使われるね！　使われるっていうか、憑いて悪さをするよね！

まあ、うん。わかりやすさを優先する俺を許せ。

黒い精霊はこの残された石にくっついてるみたいで、いるのは足元。建物の中に入ったら上にも出てきそうだけど、今は石畳の上だからね。

進むにつれ、黒精霊の数は増えてる。その数と比例して石畳もしっかり綺麗に揃って、草の生える隙間もなくなってきた。奥に進むほど綺麗に残ってるみたい。

黒精霊でも精霊でも、精霊が生まれて憑いてるモノは丈夫だってこともあるけど、黒精霊が憑いてない端っこの方を人間は荒らしてったんだろうね。

建物にはもう少し大きいのがいそうだけど、とりあえず外にいるのは手でむぎゅっと掴めるサイズ。今はエクス棒で押さえてるから掴んでないけど。

丸い岩は不規則に広がってるから、道は真っ直ぐじゃない。岩の上に岩が載ってたり、あんまり規則性は感じられない。この街を作った人たちは、巨石をどかすとか、避けて作るとかは考えてなかったみたい。

丸い岩が屋根のように半分被ったやつやら、岩と岩の間に石壁を作ってるやつやら、建物が大変個性的。

「さて、この建物が一番大きいかな？」

「いかにも、って感じだな、ご主人！」

建物から黒い細かいのがモヤモヤと湧いて、石畳と建物の中に沈んで溜まっている。人は精霊たちがいると周囲を眩しく感じることが多いみたいだけど、黒精霊だと暗く感じる。それはきっと、この『細かいの』のせいなんだろうな、と思いつつ中に入る。

「うわ〜」

「おおお⁉」

建物の中をしばらく進むと、色とりどりのキノコ。ばふん。

ちょっと一旦《いったん》退却。建物の外に出て、身を振るって洋服をぱしぱしと叩いて胞子《ほうし》を払う。

「ご主人、ご主人、あれつついたらばふんってするかな？」

エクス棒がわくわくと期待した目で俺を見る。

「すると思うけど、ちょっと待って。胞子が体に悪そうだし、準備しよう」

マスクですよ、マスク。

随分前、鍛冶《かじ》をやる前の段階の、あの煤《すす》だらけになった経験を生かして、マスクとゴーグルを作ったのだ。

「おー、かっこいい！」

「エクス棒もつけるか？」

「おう！」

というわけで、マスクとゴーグル姿の2人。さらに服の中に胞子が入らないように、俺はコートの袖についてるベルトをキュッと締め、ブーツを履《は》き直す。

その上で精霊に頼んで、空気の層でコート。胞子もばふんと大変そうだけど、中には黒精霊たちがたくさんいそうなので、今回は外からじゃなく、コートの内側に名付けた精霊を入れてお願いした。

「よし、準備オッケー」

「おっけー！」

再び建物の中。

キノコ。形状がなんかいろいろで、大丈夫なのかここ？　ってほどたくさん。大きいのから小さいのまで、大きいのは俺の背丈どころか天井近くまである。

黒精霊の影響を受けてるだろうし、見た目的にも食べられないだろうなこれ。そう思いながらキノコだらけの周囲を見回す。

キノコの中には傘の下が発光してるのもあって、羽虫《はむし》が群がってる。小人の帽子みたいなキノコは、傘の下のヒダをぼわっと膨らませたかと思うと、てっぺんからばふんと胞子を吐いて縮む。ぬるんと水飴みたいに粘液が垂《た》れてる緑色のキノコ、ヒトデみたいなものの上に丸いのが載ってるキノコ――

「ご主人、ご主人」

エクス棒の催促《さいそく》。

「確かにこの丸いの、つつきたくなるよね」

ヒトデとくっついた丸いやつは、真ん中に空気穴みたいなのがあって、中は空洞っぽい。というかこれ、ツチグリのでかいの？

エクス棒の先でぐいっとつつくと、思った通りばふんと胞子が飛ぶ。ついでに少し大きめの黒精霊も飛び出す。

「おっと！」

エクス棒を持つのと反対の手でむぎゅっと捕まえ、目を見据えて名付け。精霊の名付けは気合いです。

つんとつついてはばふん。むぎゅっとして名付け。時々未熟（？）なのか、突いてもばふんとしないキノコもある。

エクス棒的には、『何もなし』よりは『ばふん』、次に『黒精霊が飛び出してくる』のが好きなようだ。俺的には『何もなし』、『黒精霊が飛び出してくる』、『ばふん』。確かに黒精霊が出てきた方が当たり感はあるけど。ばふん、楽しいよ、ばふん。

『ぶあああ』

そして『何もなし』の下は、つついたら『ぶにっ』とするキノコ。これに当たると、エクス棒が泣き笑いのような悲鳴を上げる。

『なんだろうな？　水か細菌が入ってぶにっとしちゃったのか、それとも古くなると中から崩れるのかな？』

俺の斜め前の頭上に、ライトの魔法を固定している。視界は確保してあるので見るからにくたっとしてるキノコは避けてるんだけど、時々『ぶにっ』に当たる。

キノコが生えてるだけあって、建物の中は外と比べものにならないくらい湿気って、ひんやりしてる。作られた石壁は分厚いし、灰色の岩はなんかひんやりしてるんだよね。湿気ってるのが粘液キノコのせいだったらやだな。

そう思いながら、なめこマックスみたいなぬめぬめした液体が溢れてるキノコを避け、他のキノコはとりあえずつつく。

傘のヒダが光ってるキノコは、つつくと発光が強くなる。光に集まってた羽虫が驚いて四方に散るのだが、すぐまた集まってくる。というか、この羽虫も半分は黒精霊だな？

一応名付けてみると、どうやらダンゴムシタイプで、集団で1つの精霊のようだ。ただダンゴムシと違って、この群がっている状態で完結してるみたい。隣のキノコの羽虫は別な黒精霊。

俺のライト、魔法だからね！　虫は集まってこないので快適です。まあ、ゴーグルしてるし、精霊に頼んで空気の層で覆われてるし、目や口に飛び込んでくることはないんだけど。

先端にぽこんと卵がついてるようなキノコは、つついたら網がボワッと広がって捕獲《ほかく》されそうになった。触れた虫や他のキノコは網ごと巻き上げられ、卵型の先端に飲み込まれていく。

これ、黒精霊がついてるからとかじゃなく、食虫植物の一種だよね？　そしてこの大きさ、対象は虫じゃ済まない感じ？　ファンタジーキノコ怖いんですけど。

そういえば、ここのキノコって食えるんだろうか？　どれもこれも食えそうにない見た目をしてるけど。

【鑑定】の結果、粘度の高い液体を滴《したた》らせてるやつと、網を広げるやつは食えることが判明。網を広げるやつは網だけが可食部分のようだ。

——液体まみれのキノコの、食えるという説明は見なかったことにした。代わりに、この餅とか蜜柑《みかん》に生えた青カビみたいな色の液体は、薬の材料になるそうなので採取。

なかなか楽しいし、素材も手に入れられるしいいなここ。

『なんで。なんで楽しそうなの？』

『なんで。なんで無事なの？』

『なんで。なんで変な格好なの？』

おい、最後！

確かにゴーグルにマスク、コートの袖は絞ってあるし、ズボンの裾は靴下にインだけど！

胞子が入り込まないことを優先にしたらこうなるだろ！

『ご主人、なんかワカメみたいなのが床にうにうにしてる』

『うん。ここの黒精霊の親玉かな？』

キノコをつついていたら、どうやら遺跡の中心部に着いていたみたいだ。たぶんだけど、子供の声でなんでなんでと言う、ワカメっぽくってボスっぽい黒精霊がいるし、ここが中心だろう。

ここにもデカい丸い岩がある。上は天井を越えているし、奥の方は壁を越えているので全体はわからないけど。

灰色の岩の表面にはキノコや苔《こけ》が生えて、ぽちゃぽちゃと水が滴っている。最初は苔かキノコから出てるのかと思ったんだけど、岩から水が染み出してるみたい？

なるほど、粘液キノコのせいだけじゃなく、このせいで湿ってるのか。岩のあるこの部屋は、水に濡れて床が黒い。水溜まりというには微妙だけど、歩くと時々ぴちゃって音が立つ。

『なんで。なんで二本足で立ってるの？』

『なんで。なんで二本足で動いてるの？』

訂正します。ここの黒精霊はワカメではなく、ホラー風味でした。石畳の湿った床から、だんだんせり上がってきてます。

最初に認識できたのは床に広がる長い髪。次に頭部、白目《しろめ》のない赤黒い目。小さく動く口のせいで、声は聞こえるのに独《ひと》り言《ごと》を呟いているような印象。

『なんで、なんで受け取ってくれないの？』

『なんで、なんで一緒にいられないの？』

うん、独り言だね！　俺と意思疎通をするつもりはないみたいだし、意味がわからない。

上は髪の長い少年か少女、下半身は馬。ケンタウロス、ケンタウロスさんですか？　あ、でも尻尾がサソリだ。

『なんで、なんでなの？』

なんでと言われても。ついでにぽろぽろ泣かれても。

『ご主人、なんか変なの出てきたな！』

『うん。まさかこれが話を聞かせてくれる精霊じゃないよな？』

話通じない感じだし。

ケンタウロスっぽい何かは、言葉は話せるけど、一方的で意味をなさない雰囲気。

『一応聞いてみればいいんじゃないかな！』

『それもそうだ。——あー、失礼ですが、この場所の昔話……』

エクス棒の勧めに従って話しかけてみる。

『なんで、思い通りにならないの？』

声が一段低くなる。

ケンタウロスっぽい何かから、これまた黒い菌糸《きんし》っぽいものが伸びて、キノコに触れると溶けたように崩れ、広がった菌糸だけが残る。一瞬だけキノコの形を保った網みたいな菌糸も、すぐに他のキノコに伸びてゆき形が崩れる。

キノコは姿を消し、菌糸だらけの部屋。キノコの名残《なごり》のヌメヌメした液体が床にゆっくりと広がって、石畳の隙間に落ちてゆく。

『……溶けないの？』

なんで、を言わないと思ったらそれか！　しかも疑問は疑問だし！

気づけば俺の足元にも菌糸が伸びてる。薄い空気の層で覆ってるんで、平気だけど。マスクとゴーグルは気分です、ちゃんと準備する癖をつけとかないとレッツェみたいになれないからね。

ちょっとゴーグルとマスクでは阻《はば》めない何かが追加されちゃったけど。水の中といい、空気の層を作るのが便利すぎるよね。

あ、でも締めつけてくるのはダメです。いや、頼めばぽよんぽよんに弾き返すわがまま風船にしてくれそうではあるけど、あれだ、こういう時は魔法だ。大丈夫、イルカの時みたいに切羽詰まってない、冷静に考えられる。

「そういうわけで『弱めのファイア』！」

菌糸がぼっと、一瞬炎を上げて燃え落ちる。ちょっと手品の炎みたい。

『……！　なんで、なんで！』

『なんでも何も、嫌だからだよ』

そう言ってエクス棒を背に、『斬全剣《ざんぜんけん》』を抜く。

さすがにこの黒精霊と契約して繋がる気はない。たぶんコイツ、元は人間。うっかりするとコイツの経験した感情を辿って、同じような精神状態に持っていかれるかもしれない。別な存在の感情より、同調しやすい。

ケンタ、嫌な感じです。契約したら、菌糸なだけに侵食してきそう。

前足をカカッと石畳に打ちつけ、突進してくるケンタ。ケンタの攻撃は突進と――

「噛みつきか」

室内で距離がないので直前で躱《かわ》したら、顔を振りかぶって噛みついてきた。年端がゆかない顔は、皺が寄り口が大きく裂けている。

『斬全剣』の腹で押さえ、勢いを斜めに流す。横にステップを踏んで、下がった首に『斬全剣』を叩き込む。

ケンタが流れた上半身――人間部分を立て直そうと振り向いたせいで、頭から顎に刃が進み、切り離される。飛んだ頭部の半分は床に叩きつけられてべしゃりと音を立て、潰れたかと思うと、黒い菌糸に変わった。

『べとべとしたもんは嫌だな、ご主人！』

エクス棒が言う。

普段のフォルスターに納《おさ》まるサイズより少しだけ伸びて、戦いを見学しているようだ。

『頭半分なくって普通にしてるのも嫌だ』

人間じゃなくって実は菌糸の黒精霊なのか？　じゃあ少し斬ったところであんまり影響がなさそう。

『なんで、なんで一緒にいられないの？』

『なんで、なんで』

「戻ってる、戻ってる」

エクス棒の言う通り、欠損した部分に菌糸が伸びて、ぬるんと笑うケンタの顔が作られる。

人間部分の腕は飾りっぽくってあまり動きはない。力なくぶら下がっているか、何かを抱きかかえてるみたいに、前に緩く伸ばされているかのどっちか。

ケンタがまた突進してくる。細切れにすれば大人しくなるだろうか？　でも床の黒い菌糸がそっと伸びてケンタに戻ろうとしている。これ、キリがないやつかな？

避けながらケンタにファイアを叩き込む。燃えて一瞬縮んだけど、また菌糸が爆発するみたいに広がって、ケンタの姿が元に戻った。

人間の精霊っぽい雰囲気なのに、下半身は馬、菌糸。岩の精霊ではないのは確実、でも石畳から現れた。精霊の傾向と同じような物質は菌糸だけ。この建物を棲家としてるけど、ここに執着してる風はない。草原まで影響は及ぼしていない。

「こうかな？　『石畳の隙間、流れ込んで焼き払って』」

石畳の隙間という隙間から、ぼっと炎が上がる。

『……っ！』

ケンタの動きが止まり、菌糸が解けながら焼けてゆく。

『なんで、なんで……』

崩れてゆくケンタ。

「本体がある黒精霊なら、登場したところが本体のある場所かなって」

たぶん、それを聞いたんじゃないかと思うけど。

「さて」

静かになった石の建物に響く俺の声。

俺を中心にキノコにまで広がっていた菌糸が焼ける。『斬全剣』をしまい、エクス棒を手に取る。ついでにキノコの粘液も焼いた。

「派手だな、ご主人」

急に静かになった部屋に、エクス棒の明るい声が響く。

エクス棒は俺が精霊の言葉で話せば精霊の言葉で、人の言葉で話せば人の言葉でと、合わせてくる。何げに気遣いのできる棒だ。

ケンタが床から出てきて、部屋の中心に歩を進める。建物の中は涼しかったんだけど、石が熱を持っているのか、じんわりと暑い。

「何があるのかな？」

ごっ、っとエクス棒を垂直に振り下ろす。石突がめり込み、ひび割れる石畳。エクス棒は岩より硬いし、俺の腕力と速さは人から外れている。

アホみたいに精霊と契約してるからね、当初より人間離れした。おかげでみんなと冒険者ギルドの仕事に行くのはちょっと不安。最初よりは隠せるようになったんだけど、ね。

何事もなければなんとかなりそうだけど、こないだの魔の森の奥みたいに、みんなが怪我したりすると自制が利くか怪しい。

精霊との繋がりで勝手に流れ込んでくる分で、これ。完全に遮断するには契約を破棄《はき》するしかないし、それはちょっと今さらだ。

それにしても随分分厚い床石だ。この建物全部がこうなのかな？　キノコから出てきた黒精霊に手伝ってもらい、割った石をどける。この建物に入ってから契約した黒精霊は、半分以下の大きさになった。

棲家にしていたキノコが本体なのかは謎だけれど、ちょっと共生関係にはあったようで、キノコが溶けてなくなったら縮んだ。俺と契約して、微量だけど俺の魔力が流れているから、消えるまではいかなかったようだけど。

というか、キノコは最初からキノコだったのか、疑問が頭をもたげるんだけど、この疑問は寝かせておこう。怖い考えに辿り着きそうだし。エクス棒と一緒につつきまくっちゃったし。

石畳の石をどけた場所は、俺の腰よりもありそうな深さで、下は突き固められた砂だ。さすがに厚すぎると思うのだが、どうやら特殊らしい。覗き込んだ四方の石の側面に、文字が彫ってある。たぶん割った石にも同じものが彫ってあったんじゃないかな。


何があるのかわかってしまった俺は、四方の石をどけ、俺に空気の膜を作ってくれている精霊に魔力を少し渡して、被っている砂を吹き飛ばしてもらう。わかっているけど、確かめるのが礼儀な気がして。

そこにあったのは馬と人の骨。空気に触れたせいか、俺がケンタを倒したせいか、ぽふっとキノコの胞子のように細かく崩れて砂に混ざった。

馬を取り上げられて泣いた少年と、その愛馬の姿。石に刻まれていたのは、封じの言葉。

『ふう。やっと出てこられたわいなん』

なんか出た。しかもなんか精霊の元締《もとじ》めっぽい！

『ご主人、なんか出た！』

エクス棒が思ったことをそのまま口にした！　俺は心の中だけで留めたのに。

『わいはこの神殿の精わいなん』

正方形の、まんま石みたいな姿の精霊が、くるくると浮かびながら言う。

『お邪魔してます。神殿だったのかここ？』

『ああ、コレを封じるために建てられたわいなん。用途は神殿、祈りの言葉でさらに強力に封じるつもりだったわいなん』

わいなん石が説明してくれる。

もしかして、お話ししてくれる精霊って、この精霊のことだろうか。

『封印失敗？』

『正しく経緯を書いて、正しく封じたモノの正体を示す必要があるわいなん。それが封じられたモノの慰めにもなるわいなん。でも本当の経緯を知られるのを嫌がって、人に見えない場所に隠したわいなん』

あー。それで石の側面に刻んであったのか。

名馬がいた　名馬には少年の友達がいた　王が少年から馬を取り上げた　王は王を乗せない馬に癇癪《かんしゃく》を起こした　馬は禁足《きんそく》の地に追いやられた　少年は嘆《なげ》き恨みをつのらせた　少年は馬

を探し禁足の地に足を踏み入れた

みたいに、箇条書きでつらつらと。禁足の地とは黒精霊がいる土地だったようで、黒精霊が憑いてケンタくんになって、王に復讐をした、と。あとはまあ王が殺されても収まらないケンタくんを、頑張って封じた、というようなことが書いてあった。

石の側面に刻んで隠したのは、あとを継いだ王が身内の恥を晒《さら》したくなかったからだろう。

『一度封印したのに失敗したんだ？』

その後も祈りでもって、さらに封じの力を増そうとしてたってことは、それだけ粘着質《ねんちゃくしつ》というかしつこいというか、そんな黒精霊だったのだろう。――いや、もしかしたら当時は実体を持つ魔物だったのかな？

『わいが弱いというより、原因は封じたモノを正しく刻んでなかったからわいなん。サソリを1匹、一緒に封じちゃったわいなん』

自分は無実だと訴えるかのように、少し動きを早くするわいなん。

『サソリ……』

尻尾がサソリだったのはそのせい？

『そんな小さなものでもダメなんだ？』

サソリ分が抜けてたから封印解けたの？　ひどくない？

『何百年もかけて封印が綻《ほころ》びたわいなん。祈る者たちも代替わりして、正体がわからなくなっていったわいなん』

『なるほど、隠しちゃったから、封じるための祈りの言葉も曖昧《あいまい》になっちゃったのか』

王が少年から馬を取り上げたのがことの発端。代替わりした王族を悪く言うのもだんだん憚《はばか》られて――人の記憶に引き継がれたのはなんだろう？

『正体不明なまま何度か倒されてるけれど、ここにある本体に必ず少し力を残していて、また忘れた頃に悪さをするのを繰り返してたわいなん。そのうち祈る者たちもキノコにされて、いなくなったわいなん』

キノコ、考えないようにしてたのに！

というか、憑いた黒精霊のことを刻み忘れてない？　たぶん菌糸とかカビとかキノコの黒精霊あたりだと思うけど。

『まあ、馬好きならしょうがないわいなん。王の枝も馬好きには甘いわいなん』

馬好きに甘い『王の枝』……。

『『王の枝』、健在なの⁉』

そっちの方がびっくりだよ！

◆◇◆◇◆

馬たちに見守られながら草原を歩く。

「えー。あの岩の形って、馬だと思う？」

「馬に見えなくもないけど、その他のなんかにも見えるぞ、ご主人！」

俺もそう思う。

「馬に見える形の岩と、馬に見える木、星の位置が――」

昼間ですよ！！！

わいなんに教えられ、『王の枝』を草原で探しています。ヒントがざっくりすぎて無理じゃないかと思いつつ、だだっぴろい草原を風に吹かれながら探しています。

ちなみにケンタくんが侵入したという禁足地です。

「ご主人、この辺の精霊に聞いちゃだめなのか？」

「聞いてわか――るな。よし、聞こう」

精霊は『王の枝』や『精霊の枝』に集まる。特に『王の枝』は、精霊を生み出すこともできる存在。

あれ？　エクス棒も精霊生み出せるの？　もしかして精霊ノートがポコポコ増えるのって、エクス棒の影響もある？

探している棒より、身近な棒に謎が出てきた。エクス棒はエクス棒だからいいけど。

『えー。精霊のみなさん、この辺に俺が持ってる以外の『王の枝』ってある？　埋まってるらしいんだけど』

『たぶんあるなん』

『おそらくあるなん』

『あっちなん』

『こっちなん』

俺の呼びかけに気づいた、風に揺れる草の精霊、若草の精霊が答える。

言葉は違うけど、同じ方向を指す精霊。

『ありがとう』

草の精霊は本体があるその場からあまり離れられないらしく、案内はない。

『そっちなん』

『こっちなん』

でもここには色々な草の精霊がたくさん。風の精霊もいて、ついてきてくれてるけど、案内は草の精霊が交代で。

草原の草が波のように揺れて、進む方向を示す。さわさわざわざわする音の中に精霊の声が混ざる。

さて、到着。

草が風に逆らって倒れ、渦のような模様を作っている中心。ミステリーサークル？　もうわかったから、立ち上がってくれてもいいぞ？

さくっとエクス棒を地面に挿《さ》す。

『ありそう？』

『あると思うけど、深そう』

エクス棒が微妙な顔。

円匙《えんぴ》登場。シャベルは刃の上部が平らで、足で押して穴を掘るもの、スコップは刃の上部が曲線、先端が真っ直ぐで、土をどかすもの。円匙はシャベルで、さらに刃が鋭くて根切りに便利、愛用中！

『ごめん、ちょっと脇にどいててね』

草を土ごと剥がして、脇にどける。

『家』の畑なんかの草は精霊が少ないし、気にせず山羊くんにもぐもぐしてもらっているんだけど、ここの草には精霊がたくさんいる。しかも草を本体としている精霊がほとんど。

なんか悪い気がして、穴を埋めたら戻す前提です。刈り取ったら刈り取ったで、火口の精霊とか、寝藁《ねわら》の精霊とか、馬草《まぐさ》の精霊とかになるんだろうけど。

隣にエクス棒を突き立てて、身体能力に任せて地面を掘る。エクス棒の先までは掘ってオッケー。

掘ったら穴の底にエクス棒を突き立てる。

『どう？』

『んー。あと2回くらいかなあ？』

2回繰り返してあとは手作業。小さなスコップで土をどけながら『王の枝』を探す。土の精霊がもぐもぐもぐもぞもぞしてるんで、近いんだと思う。

『お？』

白っぽい石のような、棒の一部を見つけた。泥を落としながら慎重に掘り出す。

『眩しい』

『ああ、ごめん。ええと、あなたがここの『王の枝』？』

『いかにも左様《さよう》』

杖みたいな『王の枝』。白い石のような質感で、チェスのナイトみたいな馬の頭がついてる。

そして下は灰色に染まって朽ちて、元がどんな長さだったのかわからない。

これはもしやケンタが融合した黒精霊分……、いや、ケンタ程度じゃ足りない気も？　ケンタ、何度も倒されたんだっけ？　それで？

『そなたは人間か、精霊か』

『今のところ人間です』

俺が人間だと思っていれば人間です。実体あるし。

『では去れ。ここは馬の地、馬が自由に駆ける地。他の誓いは破られておる』

『誓いが破られて、なんで無事なの？』

いや、破られていない誓いが残っているのに黒く染まったのはなんで？　が正しいのかな。

『誓いを守るべき人間も、破る人間もおらぬからだ。残る誓いも破れかけたが、その前にいなくなった』

誓いは願い。馬か、ここで馬が自由に駆けてるからか。今は遠巻きに、集団でこっち見てるけど！

『人間がいなくなっても、誓いが守られていれば『王の枝』は無事なんだ』

『人間と馬は同等という誓いもなされておる。そして我の所有は馬に譲られた』

最初の願いが有効だった。たぶん何代か代替わりしてると思うんだけど、馬好きが代々続いてたのか。でも、ケンタの時の王様はダメだったみたいだな？　ああ、それで全部の誓いが破られかけたのか。

『なんでここに埋まってるの？』

『馬たちは枝を運ぶことをせぬゆえに』

落ちてそのまま埋もれてったのか。まあ、馬も渡されても困るよね……。

◆◇◆◇◆

「馬だから埋まってたんだと思います」

カヌムの家で不定期に、でもそう間を置かずに開催されるゲーム。

トランプ、将棋、囲碁、リバーシは俺が記憶を頼りに作った。トランプに似たゲームも将棋に似たゲームもあるんだけど、なんか煩雑《はんざつ》なんだよね。特にトランプに似たものはカードの意味や縛りがキツくて、ゲームの幅が広がらない感じ。他にレッツェや執事、ハウロンが持ち込んだゲーム。

最初は大体お互いに近況報告をしながらなので、軽いゲームか時間によっては食事。

メンバーはレッツェ、ディノッソ、執事、ハウロン、カーン。カーンはゲームに参加するより、ただ話を聞いていることの方が多い。チェスみたいな駒を使うゲームは好きみたいだけど。

今日はリバーシ。俺とレッツェ、ハウロンとディノッツォが対戦して、カーンと執事は見学。盤《ばん》はもう1セットあるけど、テーブルのスペース的に。カーンが座ってる場所の方と分かれてやることもあるんだけど、最初は話をするために集まっている。

そして冒頭の、今日の冒険の総評。

「……」

2本の指で眉間を押さえているカーン。

「……」

額を押さえて俯いているハウロン。

「……」

目を押さえて上を向くディノッツォ。

「……」

ただ笑みを浮かべて黙る執事。

「……語呂《ごろ》合わせで言ってるのか、話の要約の仕方がどうしようもねぇのかはさておいて、その棒は拾ってきたのか？」

黒い駒をひっくり返して白にしながら、レッツェが聞いてくる。

大丈夫、俺は今回角《かど》が取れている！　白を黒にひっくり返す俺。

「埋めてきた」

元あった場所に埋め戻してきました。

「『王の枝』を、犬が穴掘って埋めてきたみたいに言わないで⁉」

ディノッソが叫ぶ。

「いや、だって一応、群れのリーダーが王を引き継いでるみたいだし」

馬は何もしないけど。

それを言うなら、俺もエクス棒に対して何もしてないし。

「馬……。３本目の『王の枝』……には、ならなかった」

ハウロンは色々まとまらないようだ。

「力技で枝と契約を交わすことは避けたか」

カーンが言う。

「避けるも何も、俺は別に『王の枝』を集めてるわけじゃないし。棒の好みは、もっとこう握りやすくて取り回しが利く感じのこう」

上手く説明できないけど、魔の森によく落ちてるやつです。こんな感じのこう――

「その手つき、やめて！『王の枝』をその辺の棒と同列どころか、下に持ってくるのやめて！」

ハウロンが抗議してくる。

「その馬がいる場所、大国に狙われたりは？」

「人間があの場所に入り込んだら、草原を麦畑とかにしそうだけど、馬がいない場所は黒精霊が幅を利かせ始めるみたいだし」

パチリと黒を白に変えるレッツェに答える。

あの草原はあくまで馬のためのもの。そして『王の枝』の半分以上が朽ちている状態では、黒精霊がポコポコ生まれる。

黒くなった『王の枝』――ケンタは、朽ち始めていた『王の枝』を食ったのだそうだ――を、俺が焼いてしまったので、今までよりは生まれるペースが遅くなるみたいだけど。馬を追い立てたら残った部分も真っ黒になるだろうし、どうだろうな？

ケンタをはじめキノコの黒精霊は、本体からあんまり離れられないか、日陰が好きなのかと思ってたけど、馬を守る『王の枝』が健在なんで、黒精霊をどうこうしなくても草原に出てこられなかったようだ。

俺がやったことは、ただ単に棲家にお邪魔してばふんばふんさせただけ。

１つ２つ誓いを破ると黒精霊が寄ってきて、全部の誓いが破られかけると、『王の枝』が病んで黒くなる。

学習したので、エクス棒が黒くならないように気をつけよう。キノコいっぱいつついたし、4センチボディだし、大丈夫だと思うけど。

「って、あーっ！」

盤面が白い。

「4つとも角取ったのに！」

「角ばっかり狙ってるからだ」

考え事してたらレッツェに負けた、考え事してなくても負けるけど！　今回は勝てると思ってたのに！

「ううう。『王の枝』より、リバーシの勝負の方が大事なこの雰囲気が……。大変な話、大変な話なのよ……」

ハウロンが下を向いたままブツブツ言っている。

「ノート、生きてる？　……だめだ、固まってる」

ディノッソが執事の前でハンカチを振るが、笑顔のまま不動。

ノートって『王の枝』のこととなると、ハウロンより反応が酷いよね。

「レッツェは『王の枝』は気にならないの？　なんで落ち着いていられるの？」

「俺には関係ない枝だろ。遠くで平和ならそれでいい」

ハウロンに答え、座り直してワインを飲むレッツェ。

ドライレッツェ。でも俺もそう思う。

「うん。俺が関わったあとに酷いことになったんじゃ気になるけど、平和ならいいよね」

そんな場所があったなー程度の思い出で。

「ううう、価値観、価値観の相違が……」

「ハウロン、なんか『好みじゃないけど、高いから欲しい』みたいな人になってる」

また呻き始めたハウロンに言う。

「ぶぼっ！」

ディノッソが噴き出す。

「ジーン様、せめてそこは『珍しいから欲しい』と」

執事がそっと声をかけてくる。

「そこは『珍しいから興味がある』って言って！」

不満げにハウロンが叫ぶ。

「大賢者が俗物《ぞくぶつ》みたいになってるな……」

レッツェが他人事《ひとごと》のように呟く。

「『王の枝』の話のはずなのだがな……」

ぼそりとカーン。

馬のための枝だから、人間の俺たちには関係のない枝だ。

「さて、飯」

本日は、豚バラ丼。厚切りの豚バラ肉に、味醂《みりん》、砂糖、酒、醤油――甘辛いタレがよく絡み、ご飯にぴったり。豚バラの脂が多かったので、胡麻油で炒《いた》めたチンゲンサイをご飯の上に敷いてある。小ネギを少々散らして、煮卵を半分に割ったのを飾って出来上がり。

漬物、野菜スープ。豆腐とワカメの味噌汁とか、アボカドの山葵《わさび》醤油和《あ》えにしようかと思ったけど、一品くらいは食べ慣れたものを入れとかないとね。俺は食うけど。

「いいな、俺この甘辛い味付け好きだ。クセになる」

ディノッソは鰻とかもいけそうだ。

ほかほかのご飯にちょっと濃いめのタレが絡んで、食が進む。チンゲンサイも入れてよかった。

豚丼の肉が薄いやつだと卵黄を落としたくなるけど、これは厚めで、タレとご飯でいい感じ。

「この味付けは米によく合う。米、国で作るんだって？」

レッツェの問いはハウロンとカーンに向けたもの。

「ああ」

首肯《しゅこう》するカーン。

「エスでも作ってるから、それに関わる人を何人か引き抜くつもり。エスが溢れる季節までに揃えばすぐにでも」

ハウロンが詳しく答える。

カーンたちの国は、つい最近まで砂に埋もれてて土は肥《こ》えてない。でも氾濫《はんらん》の時期にエス川が肥沃《ひよく》な黒い土を運んでくる。これは河口にあるエスでもそうなんだけど。

時期的にもう1回は氾濫したのかな？　有識者を引き抜いてくる的なことをハウロンが言ってるけど、こっちの稲作というか畑って、エス川の水が引いて残された湿った黒い土に、種をばら撒いて踏むとかそんな感じだったような？　流れてきた土が柔らかいんで、わざわざ畝《うね》を作ったりしないで、踏んで土と種を混ぜて終了みたいな。

「せめて真っ直ぐ植えてください」

「真っ直ぐ？」

ハウロンが聞き返してくる。

「俺の渡した稲は茎が短いし、ちゃんと直立するから。きちんと列を作ってもらった方が管理とか収穫しやすいと思う」

麦もそうなんだけど、こっちの稲も茎が長くて貧弱で、少しの風で倒れてしまう。むしろ実った穂《ほ》の重みでも倒れる。陸田《りくでん》なんで、倒れても水に浸かるってことはないんだけど。

実りの季節、麦の穂が同じ方向にさわさわと揺れるのを見たかったのに、思い思いの方向に倒れて絡んでるみたいな感じなんだもん、ちょっとイメージと違いすぎました。

「あら、倒れないの？」

「うん」

なのでぜひ真っ直ぐ。

エスも来るし、豊穣を司るアサスもいるし、全く問題ないのかもしれない。でも稲には綺麗に並んでいて欲しい俺です。

「真っ直ぐって大変じゃないか？　広いだろ？」

ディノッソが砂から現れた都市を思い出しているのか、宙を見上げて言う。

「杭を打って、紐《ひも》を張れば大丈夫よ」

大賢者がさらりと答える。ハウロンが陣頭指揮をとってくれればいい――いや、だめか。やることと多すぎな人になってしまう。

「早く任せられる誰かが見つかるといいな」

色々作ってくれる人が来るといい。

「改良を重ねながら生産するわ。神々に祝福された土地だけれど、それに甘えてばかりではね。

もし万が一、神々があの地を去っても、何もできない国にならないように」

ハウロンがどこか遠い目。

「これからでございますな」

「ええ」

口の端に笑みを浮かべ、執事に返事をするハウロン。頑張って。

「そういえば最近ティナたちは？」

ディノッツォに話を振る。

「エンとバクは精霊の使い方が上手くなった。ティナは――」

言いかけて止め、ぎりぎりとした顔に変わりワインを呷る。

「肉屋のご子息にプロポーズされておりましたな」

執事がさらりと情報提供。

「お父さんは大変ねぇ……。シヴァの娘と思うと、相手が心配になるけれど……」

頬に手をやって、ハウロンがディノッツォになんともいえない視線を送る。

ちょろちょろ出てくる奥さんの情報がいつも不穏なんだけど！　俺もなんとなく逆らっちゃダメな人な気はしてるけど！

「あのガキ……っ、うちのティナにっ！」

低い声を漏らすディノッソ。ついでに殺気も少々。

「大人げないわねぇ。小さい子が跪《ひざまず》いてプロポーズして、手の甲にキスよ？　微笑ましいじゃない」

「どこがだ！　今度ティナに触ったら肉の代わりに吊《つ》るしてやる！」

本気じゃないだろうけど、子供相手に大人げないこと言いながら、宥めるハウロンに噛みついているディノッソ。

俺がティナに抱きつかれた時は泣いてたけど、今度は怒ってる。お父さんは大変だ。

「えー。ギルドの方はどう？」

無難《ぶなん》な話題をレッツェに振る。

「薬草の採取の追い上げだな」

「ああ、魔物寄せになる毒吐くやつが出るとこ？」

「ああ。たくさんあるが、生えてる期間が短いからな。お前も収穫したいなら、そろそろ終わるから早く行っとけ」

スカーという魔物の出る場所で、採取のための注意はレッツェからすでに聞いている。

「わかった」

あとでエクス棒と行こう。

【転移】を使って朝早くなら、他の冒険者と被らないかな？　他は朝にカヌムを出発するんだろうし、その移動時間の分、俺が薬草をぶちぶち採取しても大丈夫なはず。いや、他の冒険者と一緒に行ってもいいんだけどね。

「あ、カーン」

「なんだ？」

「あとでカーンの国に果物《くだもの》植えていい？　木なんだけど」

マンゴーとパパイヤを植えさせてください。

「お前の国だ、好きにしろ」

「カーンの国だと思うけど、好きにさせてもらう」

よし、許可ゲット！

「ジーン様に好きにしろなどと……。さすがでございます」

執事がカーンに感服している。

マンゴーとパパイヤの許可もらっただけだぞ。

「俺はこれの枝だからな」

「……」

視線をそっと逸らす執事。

「あんまり張り切って改造すんなよ？」

レッツェが言う。

「果物植えるだけです」

バナナも植えるつもりです。

ディノッソを宥め、ゲームの続き。騒がしくも穏やかな日々に、口の端が自然と上がる。こっちの世界で幸せだと思う。


馬の国はあとでルタと行こう。遠駆け——アッシュも誘って。

馬でのお出かけと、昼間の食事はよくしている。が、一切進展はない。ティナと肉屋の息子の方が進んでいる疑惑。一体何をどうすれば進むのか、進むってなんだ？

どう考えても原因は俺なんだけど。とりあえず親しく交流はできてると思う、胃袋も掴んだ！と、思う。さあ、これからどうしたらいい？——考えた結果、思い浮かばなかったので現状維持です。

将来一緒に過ごすならアッシュがいいし、20年後とかに一緒にいる生活はなんとなく想像できるんだけど、過程が全く浮かばない俺です。

「馬の地の先に行く時、アッシュ誘ってみようかな……」

アッシュが狩ってる熊はカヌム周辺で少なくなってきたみたいだし。ウサギは狩っても狩っても、増える速度の方が早くて減らないんだけど。

「ノートがいい笑顔で固まってるからやめて差し上げろ」

「吐血の幻覚が見えるわぁ」

ディノッソとハウロンに止められる。

「心配ならノートもついてくればいい」

手を出す甲斐性《かいしょう》がないんで、心配の必要ないです。

「……」

油の切れた人形みたいな動きで、執事が顔の向きを変える。

「俺を見るな」

レッツェが全力で執事から目を逸らす。

「ナルアディードに届いたメール小麦の受け取りやらがあるから、アタシはついていけないわよ？」

次に執事が見たのはハウロン、そして目が合った時の答え。

人の恋路には不干渉な大人。

「俺は今、肉屋の息子をどうするかで忙しい」

ディノッソ。

肉屋の息子大丈夫？　王狼さん、大人げないですよ。

「ところでジーン。アナタの気にしていた女海賊さん、シュルムの隣国に食い込んだわよ」

ハウロンが執事放置で話題を変える。

女海賊……。

「レディローザ？」

ちゃんと覚えてる。覚えてるけど正直、海鳥くんの印象の方が濃い。

「ええ。シュルムの南東にある、ほとんどシュルムの属国のような立場の国ね。海に面した土地を全部他に押さえられて、目立った産物はなし。ぱっとしない国なんだけど、ぱっとしないからこそいいのかもね」

なんだかハウロンの顔もぱっとしない。

「一番近い港を避けて、遠回りしてわざわざ陸路で食料を運んでるみたい。ついでに武器もかしらね」

「その辺って旱魃の影響あるの？」

シュルムのあたりは豊かだって聞いてるんだけど、食料？

「元々シュルムの南東は、風の精霊の恩恵から少し外れてるのよ。それでも海沿いの国ならば、漁業やナルアディード方面からシュルムへ行く途中の寄港地で、人と物の出入りは多少。でも内陸はね」

どうしようもないんですね？

そういえば中原のあたりって、木々も少なくってまずい感じなのに、風の精霊が運んでくる土のおかげで肥えてるんだったたな。海に面した領地も手に入れられず、豊かな土地もない。陣取り合戦に負けた国なんだな。

「その国に回していた小麦を減らして、高く売れる方にシュルムは流してるって話だな」

レッツェが言う。

うん。内海に面した旱魃の国々は、小麦を高く買ってるね。

「シュルムの方じゃ相手にもしてない、みたいな感じ？」

だいぶシュルムに侮《あなど》られている国の気配。

「そう。――それに前面に出ているのはアメデオだけれど、ローザたちは相変わらず中原の国々に恩を売りながら、シュルムに向かって移動してるわ」

あー。中原側から進むローザたちとは別に、大事な局面でその国にシュルムを裏切らせる目《も》論《く》見《ろみ》？

「引き抜きたい人材が時々被って鬱陶しいのよね……」

ボソリとハウロンが呟く。

なるほど。絶賛侵攻中のシュルムにローザたちをぶつけときたいけど、そのローザたちが邪魔なんだ。シュルムがカヌムの方までちょっかいかけてくるようになるのは面倒だけど、ハウロン的には、今現在はローザたちの方が邪魔か。

「先回りしてスカウトするとか？」

「相手は自分の国が滅亡した時からあちこちに仕込んでるのよ？　あんまり派手に取り合って、この建国の時期に勇者に興味を持たれたら面倒だし」

ため息を吐くハウロン。

そういえば、カーンとハウロンの国造りに向けた人材発掘ヘッドハンティングは、ここ最近でしたね。むしろローザに先回りされまくってた。

「国より勇者が邪魔なんだな」

ディノッツォが言う。

「国相手なら、必ず準備段階があるわ。一見そう見えるかもしれないけど、準備なしにいきなり来て、1日で破壊されるなんてことはない。でも勇者はあるでしょ。愚痴《ぐち》も言いたくなるわ」

前振りがあれば対処できるって言ってるな、さては？

「突然現れて『王の枝』を掘り出す奴もいるし、力を持った、身軽で自由な個人には対処不能だわな」

ワインを飲みながら半眼で言うレッツェ。突然の飛び火！

「俺は戻したもん」

ちゃんと元通りに埋め戻しましたよ！　持ち主もいなかったものだし――いや、馬の群れのリーダーが持ち主だけど、本馬《ほんま》にその気はなかったし。

「個人的には『王の枝』を埋めるのはおやめいただきたい……」

執事が力なく呟く。

「俺も砂漠から掘り出された『王の枝』か……」

難しい顔をして、ボソリとカーンが呟く。

5章　銀化ガラス

メールの地からさらに足を延ばして、遺跡の発掘をしてきました。

手の中にあるのは、虹《にじ》色のガラスビーズ。錆《さび》のような、油の膜のような、そんなものが表面を覆って、光の角度で色を変える、蝶《ちょう》の羽のように輝いている。

【鑑定】を使うと「火の時代の瑠璃《るり》ガラスビーズ、銀化している」と出る。銀化ってなんぞや？

わからないことはレッツェに聞こう、いや、火の時代のもののようだしハウロンかな？


「と、いうわけで聞きに来ました。銀化ってなんだ？」

カヌムの貸家、1階の居間の机の上に布を広げる。

広げた布からはガラスビーズが溢れる。虹色といっても、1粒ごとに青に寄った色、緑に寄った色、ピンク、さまざまだ。一番多いのは瑠璃色で、ちょっと表面がぼこついたのもあるけど、普通のガラスに見える。

ビーズには小さな精霊も生まれてるようで、錆のような虹色が光の角度で変化するのと同じように、姿を見せたり見せなかったり。

「どこで掘ってきたのよ？」

ハウロンの第一声。

ハウロンはカヌムの貸家にいることが多い。ここで風や大気の精から情報収集してるんだそうだ。

カーンが作ってる国は、山脈を越え、砂漠を進んだ先。カヌムに砂漠がある方角から、山脈を越えて時々すごく温かい空気が入ってくることはあるけど、逆はほとんどない。フェーン現象かな？

というわけで精霊の流入も、山脈を越えるものは大体その方向かららしく、人材をスカウトしたい中原の国々の情報収集にはカヌムがいいんだって。実際に中原へ出向く時もあるけど、あそこは小競《こぜ》り合いなんだか戦争なんだか、よくわからないくらい細かく争ってるから。

カーンは割と中原に行ってて、無双《むそう》してるっぽいけど。直接王様に声をかけられたり救われたりすると、忠誠心が上がるとかなんとか。色々もっともなことを言ってたけど、そもそも2人しかいないからな気がする。カーンに働かせてる気がして、ハウロン自身が自分に言い訳してる感じ。

「メールの北の方、って、こっちから見ると南？　泥は落としたつもりだったけど、掘ってきたってわかるんだ？」

泥を落とすのは大変だった。石の瘡蓋《かさぶた》みたいにこびりついて窪《くぼ》みに入り込んでて、その辺は針を使って気長にこしょこしょした。精霊も手伝ってくれたんで頑張れたけど、1人でやったら2つ3つで投げ出してたかも。

「銀化っていうのは、地中に埋もれた古いガラスがなるものなのよ。海でも見つかることはあるけれど。ほら、これは銀色に見えるでしょ？」

ハウロンがガラスビーズを1つつまみ上げる。

「うん。なんかガラスが錆で、その錆が銀色してるみたい？」

「ガラスの精霊が、土の精霊たちに溶かされ、混じり合って、表面に雲母《うんも》状の薄い膜を張るの。その膜が長い年月をかけて増え続けて、層を作ってこうなるの」

えーと、ガラスの成分が土の成分と混じって、風化や化学反応でこうなるってことかな。

この世界、精霊万歳《ばんざい》で丸ごと受け入れてしまう方が楽な気がするけど、つい考えてしまう。

「ジーンが持ってきたのは青が多いみたいだけれど、銀色に見えるものが多いから、銀化って言うのよ。金色のも時々あって、地域によっては金化って呼ばれるわね」

「へえ」

「すごく高いわよ、ってこれ」

つまんでいたビーズを戻そうとして、止まるハウロン。

ビーズはシンプルなものがほとんどだけど、少し変わった形のものがいくつか混じる。元は同じ色っぽいので、首飾りとかのワンポイントなのかな？

「これ、ホボック様式じゃない、どこで――いえ、メールの地の北だったわね」

ハウロンの発したホボックという言葉を聞いて、ビーズについた精霊が笑いさざめく。

「ホボックって？」

「火の時代初期にあった国よ。あったことはわかっているけれど、どこにあったかはわかってないの。今までその勢力は竜の大陸側って言われてたけれど、メールの地の方まで……」

そのまま考え込んでしまったハウロン。

仕方がないのでそのハウロンを眺めながら、お茶をする俺。

お茶といってもメニューは、フライドポテトとチョリソー、そしてコーラ。ナルアディードで売りつけたジャガイモは、順調に販路というか栽培域を拡大してるって聞いてるけど、カヌムに届くまではまだまだ遠い。

コーラも砂糖と各種香辛料が必要だから、やっぱりかなりの贅沢品。姉の友達だか恋人だかの男は、ビールとコーラばかり飲んでたけど、こっちの世界でどうしてるんだろ？　大国シュルムトゥスの財力と勇者の名でもって、頑張って集めて作ってるんだろうか？

ただ、果たして作る知識があるのかどうか。俺だって【生産の才能】【全料理】【鑑定】と揃ってなければ、作れたか怪しい。【生産の才能】でコーラのための器具を作り、【全料理】で覚えている——正しくは、一度食べたり見たことがある料理を再現できなければ、無理。それに素材を集めるために【鑑定】は必須。

この3つを持っていなければ、曖昧な知識から作り出すなんて無理だ。曖昧どころか、一度見ただけくらいで絶対忘れてる知識も引っ張り出されるんだから、俺がもらった能力は便利を超えた何かだ。

……そう思うと、姉たちがもらった能力も怖いな？　勇者側が持っているのは【全魔法】【全剣術】【能力強化】か。【支配】【若さ】【美貌】はスルー、【支配】に対抗できるよう【解放】をもらっている。【人形】は、いざとなったら本体を叩けばなんとかなりそうかな？

【全剣術】【能力強化】持ちの男は、派手な技をぶっ飛ばすのが好きみたいだし、基礎をやるタイプじゃないから——って思ってたけど、ちょっと考えを改めよう。

きちんと能力を使いこなして、基礎の穴を埋めてくる可能性もある。

勇者たちは今のまま放置しておけば自滅するっぽいんで、近づく気も戦う気もないんだけど、不可抗力《ふかこうりょく》ってこともあるからね。

俺もどこかで修業しないとダメかな……。精霊は増えてるから、強くはなっているんだけど、実戦を積まないと。黒精霊をむぎゅっとしてるのは実戦にカウントされるだろうか？　なんか違う気がする。

「ハウロン」

「ん？　あ、ごめんなさい」

「いいけど、それあげるから、強い魔物が出てくるとこ教えて？」

「アナタが家を建ててる魔の森の奥だって、十分強いわよ」

「あそこ黒精霊ばっかりじゃない？」

一応魔物は何匹か倒したけど、そのあとは近づいてこなくなった。ユキヒョウと鹿と馬が来るせいかもしれないけど。

「ドラゴン拾ってくるような人に聞かれてもねぇ」

「あれは本当に拾ってきただけだし。そうか、ドラゴンの魔物がいるのか」

見てきただけだったけど、確かにあの迫力はすごかった。

子供を探すドラゴンと遭遇しちゃったんで、普通のドラゴンを倒すのは気がひけるけど、魔物化したドラゴンならいいよね。

「ちょっと、あんまり危ないことするんじゃないわよ！　アタシがレッツェに叱られるわ！」

レッツェに叱られるんだ、大賢者。

外伝１　猫船長とセイカイと精霊王と

船縁に上がり、半分寝そべって船を眺め、船の修理に忙しそうな奴らを見下ろす。

俺が精霊の呪いを受け、猫になってから数年経つ。ありがたいことに船員たちは、人の時と変わらず俺を船長として受け入れてくれている。

猫１匹、つまみ上げて海にでも放り込めば、船は自分たちのものになるというのに。俺のそばにいる風の精霊が消えても、お釣りが来るだろうに。

海峡では酷い目に遭ったが、メール到着後はからりと晴れて、猫の身には快適だ。ただ船の中で壊血病にかかってる奴が何人かいる。

特にフィーリンは魔物に傷を負わされ、だいぶ血を流した。普段なら回復薬を飲めば、致命傷にはならない傷。ただこの病は血が止まらなくなるのが特徴。今もじんわりと血が滲《にじ》み出し、包帯を汚している。

別に痣《あざ》——初期で太ももに大きな痣が出た——があろうが気にしないが、これはダメだ。この病気は陸《おか》に上がれば治る。早いところ船を直して戻りたい。

俺の船を１隻壊して、資材を船員たちが運んでゆく。足取りが確かな者たちの中に、壊血病でふらついている者が混ざっている。見慣れない顔は、他の商船の船員だ。俺の船だけでなく、壊血病が流行っていると見える。

一戦やる覚悟でメールの街に入ろうとする船が出てくるかもしれない——、返り討ちにされるのが関の山だろう。だが、戦うなら体力が残っているうちにと、思い立つ者が出てもおかしくない状況だ。

メールの地は、俺たちの知っている場所とだいぶ環境が違う。陸に上がったところで果たして治るのか。


「えーと、船長さん?」

つらつら考えていると、声がかかる。

「……」

先ほどまでいなかった、いや、記憶を辿れば、視界に収めたような気もする。俺が見逃した? 心配ごとがあるとはいえ、油断のしすぎだ。

「よく俺が船長だってわかったな? そばにいる精霊が教えたか?」

やたら綺麗な顔をした男の傍《かたわ》らには、帆や綱によく身を寄せる精霊がいる。

「ええ、精霊に聞きました」

服も汚れていず、メールの地にいる人間。怪しすぎるが正直ではあるようだ。俺がキャプテン・ゴートと呼ばれる者であることは知らないらしい。悪戯《いたずら》も多い精霊の言葉を信じて、猫にそのまま声をかけてくる男。

「正直だな、動揺もない。何用だ？」

いいモノとも悪いモノとも判別がつかん。

「俺はソレイユ。あなたは、船はあるけど、小麦はない、で合っています？」

「……合っている」

海峡で魔物に絡まれ、用意した石は失った。メールは金銭や他のものを望まず、緑の石がないことがわかると交渉はすぐさま切り上げられてしまう。

俺の後ろにケケンが立つ、フィーリンと共に俺の片腕だ。船乗りにしては気の優しい男だが、容貌は厳つい。俺が猫になってから、交渉の席には必ず後ろにいる。

「俺は、メール小麦は手に入れたけれど、船がない。運賃を払うので、ナルアディードの商会まで運んでくれませんか？」

「空船で帰るよりマシだ。条件次第では受ける」

猫に対して高圧的に出ることもなく、厳つい男が現れても態度の変化はなし。話を聞いても損はないと勘が告げる。それに精霊と話せる――

てくる。


「上がってきな」

顎をしゃくって、船縁から甲板に下りる。

縄梯子を上がってくるのを待ち先導すれば、俺とケケンに特に警戒するでもなく部屋に入ってくる。

「精霊に壊血病の軽減を願ってくれ。それが条件だ」

この男が話していた精霊は、今こちらに——というか男に興味津々の、窓から覗き込む精霊たち。男は精霊に好かれるらしい、だがあの大きさの精霊では、例え望む能力と合致したとしても力が不足するだろう、それでも。

治癒ではなく軽減を願うのは、俺たちの領域の陸に上がるまでの時間稼ぎ。

「いや、それライム食えば治るんじゃ？」

できないという答えを覚悟しての問いに、全く違う答えが返ってくる。

「治る……のか？」

そんな簡単に？　いや、ライムを持っている船があるとは思えないが。

「治るけど。酷そうだし、ちょっと回復は頼んでみるけど、そもそも体に足りないものがあって起きる病気だから、ライムなりレモンなりキャベツなり食わせて。あと、精霊が回復を使えるかは、聞いてみないとわからないからね」

外洋に出る船の者にとっての有益な情報や対価を求めるでもなく、あっけらかんと言い放つ男。精霊にも願ってくれるらしい。

「あ、精霊が入りやすいように窓開けてくれる？」

ケケンが窓を開けると、こちらを窺《うかが》っていた精霊が入ってくる。

『　　　　　　　　　』

男の口から言葉が紡《つむ》がれる。俺には言葉として聞き取れないが、心地よい音。

『　　　　　　』

『　　　　　　　　　』

ああ、そういえば、この男の名も聞いていなかった。

『　　　　　　』

どこか楽し気な男が、懐から取り出した小さな魔石を壊す。

気配といい、警戒心のなさといい、欲のなさといい。美貌、それへの無頓着《むとんちゃく》といい、この世の者とは思えんな。

そう、ルフというのはこういう――

「というか、この人怪我してる？」

「ああ、海峡で魔物とやり合った時にな」

急に話しかけられ、びっくりして声が上ずるのを隠すために体を動かす。

「さっき、精霊に癒しを頼んだので怪我の方も少しよくなってるはずだけど……。船に乗って大丈夫そうな怪我？」

紫の瞳がこちらを見る。

「普通だったらな。だが、魔石なしとはいえ、魔物にまた襲われないとは限らない。魔石なしでも襲われる時は襲われるし、行きの船とかち合うこともある」

そうなったら健康で動ける奴も無事では済まない。備えるのは当然として、海の上は運だ。

「あんたの船は？」

「俺は陸路」

「陸路？」

メールの地は他の街から徒歩で移動できる距離ではないし、動物を使う移動も餌《えさ》の関係で無理、魔物も出る。

「師匠に修行だって言い渡された。メール小麦はうっかり手に入れちゃっただけなんだけど、ここ数年不作だろ？　手に入ったからには、知り合いの商人に届けたい」

どこか得意げに語る男、何の修行だ。

「荒地に魔物、随分とスパルタだな」

「1人ならなんとかなるかな？」

随分破格の能力を持っているようだ。初めて会った精霊もこの男の頼みを聞くのだから、行く先々で困らないのだろう。

「師匠の名前は——いや、いい。あんたは何も聞かずにこっちの願いを聞いてくれた。こちらも何も聞かずに受けるのが筋ってもんだ」

目を丸くする男。海では船の仲間以外と長い時間を過ごすことが少なく、付き合いは第一印象と自分の勘に頼ることが多い。陸の人間は少し変に思うかもしれない。

「契約書は俺の方で用意するか？」

「いや、ある」

男が懐から書類を出す。やたら用意がいいのが少し気になるが、すでに俺の願いは叶えられている。

「この契約書でいい？」

「ああ、構わん。あんたのことをペラペラ喋るつもりはないし、条件についてはこれからだが、一度飲んだモンを破るつもりもない。ついでに言えば、船で運ぶモノについて、人であろうが物であろうが他言しない誓いは、乗組員全員が立ててるから安心しな」

うちの船員は口が固く、酔っぱらって騒ぎを起こすこともない。荒くれ者だが、船が好きな気のいい奴らだ。

「じゃあ、条件というか運び先はナルアディードで頼む。で、8分の1でいい?」

「願ったりだが、メール小麦は普通の荷より高いぜ? あんたが行きのリスクまで担保する必要はないだろ」

取引に慣れていないのか、いきなりの高値。行きのリスクはすでにこの身に受けたあと、帰りについては空船がほとんど決定していた。

「できればまた取引したいし」

俺から視線を少し上にずらす。見ているのは耳か? なんだ?

「それに条件があって、そっちの分も俺の指定する商会に売って欲しいんだ」

「わかった。魔石のために借金がある、正直助かる」

船を1隻ダメにした上、船員の給料も払わないとならん。今回使い切ったポーションの補充、借金の返済、船の補修、金はいくらあっても足りない。

「ところで、サインってどうするの?」

男が署名した契約書を差し出しながら聞いてくる。

「血判で」

慣れたもので、俺が前足を伸ばすとケケンがさっとナイフで肉球を薄く切る。血が垂れないうちに男の名前の下に血判を押す。

するると、気配が船内に満ちる。そんなはずはないのに、海の中のような水の圧を体に感じる。

床に水が吹き出し精霊が姿を現す。

「セイカイ……っ⁉」

大きな水の塊が形作ったのは、ナルアディード周辺でよく見るセイカイの神像の姿。

「な……っ」

隣でケケンが床を覆うように額ずいたのが視界の端に映《うつ》るが、不覚にも固まってしまい動けない。全身の毛が、特に背中の毛が逆立っているのがわかる。

「ようやく対面が叶ったな、中央の精霊王よ」

口を開いたセイカイが語りかけたのは、紫の目を持つ男。

「船長、精霊王だったの⁉」

「そんなわけあるか！」

俺に驚愕《きょうがく》の目を向けてきた男に思わず叫び返す。

「俺は普通だ、知り合いの精霊は2、3いるがそれだけ！　ちょっと変わってるかもしれんが、立派な海の男だ！」

「自覚がないタイプ⁉」

何を言っているんだこいつは。

「だいたい精霊王というのは、神クラスの精霊を複数生み出し、眷属としている精霊のことで――」

俺が男に言い返していると、セイカイが男に触れる。

「ん？」

男がそれに気づいて怪訝そうな顔をセイカイに向ける。

「中央の精霊王よ、ようやく対面が叶ったな？」

「俺のこと!?」

「自覚がないタイプか！」

この部屋にいるのは5人、どう考えてもお前だろうが！

「いや待て、俺人間……」

「人間か精霊かは関係がない。強大な精霊や眷属を多く従えているかいないかだ」

なおも認めようとしない男にセイカイが言う。

「う……」

言葉に詰まる男、どうやら身に覚えがあるようだ。

「中央の精霊王よ、頼みがある」

「なんですか？　契約なら間に合ってます」

男が顔を逸らしながら、すげなくセイカイに言う。

「……」

神と呼ばれる存在に、この男はなんとぞんざいな。

「火の時代の精霊が目覚め、我が体内に眷属を生み出しておる。その精霊を宥め、外に連れ出して欲しい。あれがおると腹具合が悪いでな」

海の神セイカイの精霊王への頼みは、やはり精霊関係であるらしい。

「いい加減、陸の精霊たちも困っておるようだ。毎年あの地に抱擁するはずの大気に溶けた水の精霊が、ここより西の地に落ちておる」

「なるほど、マリナやタリア、内海の北の方が干上がってるのはそのせいか」

限定地域の物資不足は商機ではあるが、飢餓《きが》は困る。

「あー。なるほど」

「我が腹の中は気に入らぬと見えて、盛んに眷属どもを吐き出しておる。陸に上げてやれば少し落ち着くだろうから、引き上げてやれ。いずれ大人しくなるだろうから、我にとっては少しの間の我慢。だが、その少しの間が保たぬモノたちも多い」

「一応、行ってみるだけ行ってみるけど、どんなのだかわからないから、どうするか約束はしない。それでもいい？」

「構わぬ」

男の消極的な約束にセイカイが頷く。

「あ、この船が内海に出るまでの帰りの航海、守ってくれる？」

「引き受けよう」

おい、セイカイは祈る相手であって、気軽に頼めるような相手ではないぞ。そうツッコミを入れたかったが、当のセイカイが了承した。

「場所については内海に戻ったら、精霊どもを知らせにやろう。では頼むぞ」

部屋を満たした海水の気配が引いてゆく。


「……精霊王と海神セイカイとのやりとりに巻き込まれて、とんでもなく重い契約になっちまったぜ」

契約の場に精霊が現れるのは吉兆、成し遂げた契約は内容以上の益を双方にもたらすとされる。その代わり、破った時のペナルティはキツくなった。

――先ほど現れたセイカイは、この契約については触れていなかったが。

「とりあえず内容としては、メール小麦の運搬と、俺のことについて他言無用とかそんなのなんで、気楽にお願いします」

「何をどうやったら気楽にできると思うんだ、お前」

男の言葉に思わず半眼になる。

「まあいい。俺は仕事をこなすだけだ。メール小麦はどれほどあるんだ？」

「この船10杯分くらい」

「……」

どれだけの石を持ち込んだのか。驚愕に思わず座り直す。

「何往復させるつもりだ？」

落ち着け、俺。

「いや、1回でいいけど。運んだって実績があれば、多少量は誤魔化せるだろうし」

「誤魔化せるか！！！　倍どころじゃないだろうが！！！！」

どんだけ拘《こだわ》らないんだ、物事には限度がある。

仕方がないのでこちらから提案をいくつか。特に、今メールに停泊する他の船にも声をかける了承を得た。同じ立場の船は、おそらくうちと同じくギリギリ。どうやってバレずに抜け出すか考えていたのでちょうどいい。

海峡はナルアディードの庇護の下にない。俺たちだけがいい思いをすれば、周りの船は海賊に変わるだろう。

「少し時間をもらうぞ。大急ぎでやるが、船が直らねえことには出発できないからな」

「はい、はい」

ため息を吐きたくなるくらいこっちに都合よく進む。

「で？　運んだ量を誤魔化せるって思ってたってことは、他に大量輸送の手段があるんだな？」

ケケンが随分部屋の隅にいるが、責める気はない。これはこういう者だと割り切って対応するが、目の前の男はおそらく、この船を簡単に沈める力を持つ。なにせセイカイが頼みごとにわざわざ出てくるくらいだ。精霊王と呼ばれる男が弱いはずがない。

海のように気まぐれかもしれないが、たぶん俺が少々無礼《ぶれい》を働いたところで、何ほどにも思わない。気負おうが普通にしてようが変わらないなら、普通にさせてもらおう。

「まあね。バレたところでこれをやろう。船員に食わせとくといいぞ」

どさどさと床にレモンが転がる。

「お前、こんなもんここで食ってたら、怪しい以外のナニモノでもないだろうが。もう少しここにあっても怪しまれないもんはないのか？」

バレたところでって、いきなり【収納】持ちであることをバラすのかよ。

「じゃあ、こっち」

条件をつければすぐに別のものを出してくる。本来、俺の方から条件をつけられるようなものではない、本当に頓着しないようだ。

「ありがとよ。この分はあとで金で払うか、働いて返す」

壊血病でやばそうなのがいたら、他の船にも分けていい許可ももらった。これで、多少のガス抜きになるはず。あとは修理のための停泊で、食料が尽きそうな奴らか。

早く走るため、また囮にするために荷物を捨てることがあるのだが、それで食料を海に捨ててしまった奴らがいる。分けようにも俺の船も大穴が空いて、1隻分失くしているため、他人に回す余裕はない。

◆◇◆◇◆

「こんにちは」

翌日、いつものように船縁で修理に勤《いそ》しむ奴らを見下ろしていると、また男が来た。まだこのあたりをふらついているのか。

「来たのか。仕事に取りかからなくっていいのか？」

セイカイの頼みはいいのか？

「特に期限は言われてないしね。なるべく早くとは思うから、明日あたり行ってみる。でもまずは——そっち行っていい？　顔合わせしてもらいたい人を連れてきたんだけど」

男から少し離れたところでこちらを窺う2人。1人はやたらガタイのいい老人、もう1人は中肉中背のあまり特徴のない男。

「……上がれ」

なぜメールの地に人が、と疑問に思ってはいけない。なにせ相手は精霊王だ。俺は見たままを受け入れよう。

男に続いて2人が上がってきたのを見届けて、歩き出す。甲板は話し合うには少々不向きだ。

「暑いから中に移動な」

さっさと歩き出す。

「ここで見慣れない奴を連れてこられると目立ってかなわねぇ。一応もう、契約で縛ったあとだがな。アンタ、なんか移動できる力持ってるんだろ？　他人まで一緒に移動できることがわかったら、ロクでもないのに捕まるぞ」

サイドチェストに飛び乗り、3人を見上げると、男がシーツの敷かれたベッドに目をやっている。

「ああ。そこに寝ていた女なら、だいぶよくなったんで追い出した」

フィーリンはまだ1人で歩けないが、意識は取り戻した。意識を取り戻した途端、憎まれ口を叩かれた。きっとすぐにいつもの調子を取り戻す。

「バレバレよね……」

「認識されたあとはダダ漏れだな」

ついてきた2人がボソボソとお互いを見ないまま話す。

「アンタがこれの師匠とやらか？」

ローブの老人を見上げて問う。契約精霊なのか、3つの球体が老人の周囲をゆっくりと飛び回っている。

「そう、よ」

微妙に引きつった笑顔が返された。

「アタシはハウロン、キャプテン・ゴートが運ぶメール小麦の一部はアタシの元に届く。——大賢者や大魔導師って呼ばれるわ」

「なるほど、大賢者ハウロンか」

すぐに信じたのが意外なのか、大賢者の片眉が上がる。

「俺は知っての通り、キャプテン・ゴートだ。お目にかかれて光栄だが、半端に師弟関係でいるってことは、やっぱり大賢者でも縛れてないんだな」

この自由人を。

「縛る？」

残った男が口を挟む。

「大賢者ハウロンは精霊を術でもって縛り、使役するって聞くが違うのか？」

「違わないけれど、一体何が縛れてないというのかしら？」

ムッとしたような声で大賢者が聞いてくる。

「精霊王を」

こいつを。

「さすがにそんな存在には手を出さないわよ？　――色々な経験を積んでいるのでしょうけれど、キャプテン・ゴートにとって精霊王がどういうものなのか教えてくれるかしら？」

大賢者が唇でだけ笑って聞いてくる。

「神クラスの精霊を複数生み出し、眷属としている精霊、強大すぎて直接人間と関わらない存在――。いや、最近流行りの説は、人間か精霊かは関係なく、強大な精霊や眷属を多く従えているかいないか――。まあ、まるっとまとめてこいつだ」

ソレイユを半眼で見る。

「……最後まで言えるってことは、アンタらはコレがどんなもんか知ってるってことだな」

契約でこいつの秘密は話せないことになっている。なのに話せた、ということは、2人はこの男の秘密をとっくに知っているか、俺の契約より上位の契約をこいつと結んでいるということ。

「契約の沈黙の誓いか」

目立たない方の男が納得したように言う。

「……」

大賢者が男に目を向ける。

「俺は何もしてないぞ。船長と契約した時、ちょっと海の精霊が出てきて、俺を精霊王呼ばわりして消えてっただけだ」

「……」

「そりゃ、ちょっと契約相手が猫だったんで、猫型チェンジリングか何かかなって思ってたけど――。結局、別件だったし」

目を向けられただけで、ペラペラと話し始める男。猫型チェンジリングってなんだ、猫型って。俺のことなのだろうがな。

「……このあたりの精霊というと、よく見かける海の精霊は除くとして、まさかナルアディードに祀ってある海神セイカイじゃないわよね?」

笑顔で念押しする大賢者。

「俺は別件の方が気になるがな」

ボソリと漏らす特徴のない男。

「そう、急ぎの用件があるんで、顔合わせも終わったことだし。あ、帰る前に、食料渡しとく。他の船に配るか配らないかは船長に任せるけど、出所は誤魔化して。――どこに出したらいい？」

男が誤魔化すように話題を切り替える。

「食料はありがてぇが、契約の時になんか出てくるのはデフォなのかよ」

契約のたび、精霊が飛び出るのか？　思わず半眼になって男を眺める。いや、本当に食料はありがたいんだがよ？

食料を俺の部屋に出されても困るので、船倉に案内する。

「なんか動物飼ってるの？」

あたりを見回し、微妙な顔をする男。おそらく船倉に残る臭いを嗅ぎとったのだろう。

「俺の船は外洋にも行くからな。遠出するときゃ、ここで山羊飼ってるんだよ。うちの船員はマメで手入れもしっかりやるが、どうしたって臭いは染みつくな。商品《こむぎ》を載せるのは別な区画だから安心しろ」

俺は慣れているが、それでもここに入った瞬間は臭いを感じる。

「なるほど、新鮮な乳と肉か」

レッツェと紹介された男があちこち見回している。全体を見、そのあとは見るべきポイントに目をやる。珍しがっているというより、構造を把握したがっている気配がする。

「空気が凝ってないわね？　精霊かしら？」

「まあな。俺の友は風の精霊だ」

大賢者の問いに答える。

その友を助けるため、他の精霊の呪いを受けて猫になった。後悔はしていないが、陽気だった精霊は人前に出たがらなくなった。

俺の前にも滅多に姿を見せないが、こうして船に風を送り、いつも助けてくれる。

「なるほど、それでアナタの運ぶ荷は評判がいいのね」

「荷運びは資金作りのためで本業じゃねぇがな」

会話をしながら船倉を進む。

荷運びで資金を作っては、外洋へと出る。未知の土地で見たことのないものを見、持ち帰るのが俺の享楽《きょうらく》。

すでにいくつか有用な発見をし、航路は公開している。魔物も出るし、厳しい地形。内海でやり合って満足してるような奴らにはとても行けない場所だが。

「小麦も湿気ってるより、風通しがいい方がいいだろ。船倉ってのはじっとりしてて、カビ臭えってのが普通だ」

レッツェが男に教えている。それに、ネズミの害も多いことを付け加えたい。

「甲板に積む船も多いんだが、海が荒れれば荷を失う確率も高いし、波を被ったら台なしだ」

「なるほど」

レッツェの解説に納得したのか、改めて船倉を見回す男。


そしてどさどさと出される食料、この量は。

もしかして船の窮状《きゅうじょう》を予想して持ち込んだのか？　使える【収納】持ちであることをバラしてでも？

【収納】持ちは何人か会ったことがあるが、飴玉1つをしまうとかそのレベル。そしてほとんどが自分の能力を隠している。盗みを働いたり、賭博《とばく》でイカサマを仕掛けたりと、本人的には有効活用をしているようだが、スペックがだいぶ足りない。

国や野心のある者たちにとって使える【収納】持ちは、大容量でたくさんの荷物を運べること、【収納】中は荷に変化がないこと。

昨日出された量は微妙なラインだったが、これはアウト。周囲にバレれば国や力を持つ神殿が放っておかない。

大抵は小さい頃に囲い込まれて能力を伸ばすために色々されるんだが、よくここまで無事にいられたたな。

――それであのブランクな契約書の束《たば》を持ち歩いているのか。

妙に納得して男を眺める。

「腹が減ってメールの街から略奪するとか危ねぇことを言い出す前に、他の船をさっさと契約で縛ったはいいものの、うちの手持ちを配っても微妙に足らなかったからな。感謝する」

目が合った男に、考えていたこととは別の言葉を告げる。ありがたいことに、実際に悩んでいた懸案《けんあん》が綺麗に片付いた。

「アンタとの契約で、他の船の連中も死なずに済んだ」

◆◇◆◇◆

男に与えられた食料を、他の船に分配する。船倉にある量と比べるとだいぶ少ないが、さすがにこれ以上量を増やせば、今までのこととの兼ね合いで疑われる。

「さすがキャプテン・ゴート」

「これでオケラだ。さっさと船を直して出港しねぇと共倒れになる」

船長の１人が上げてくるが、ここは渋い顔で答える。

「海峡さえ抜けりゃ、あとは甲板で転がってたって構わねぇ。今は嵐の季節じゃねぇしな！」

「儂《わし》の船の修理は終わった。運び込める船から運び込んで、さっさとこの気味の悪い土地から出よう」

「抜け駆けはすんなよ⁉」

「抜け駆け？　早いもん勝ちだろ？　置いてかれるのが嫌ならさっさと修理しな」

「美味い酒と肉！　こんなに陸が恋しいこたぁないぜ」

乱暴に言い合うが、集まった船長たちは笑顔だ。おそらく船員たちの不満を抑えるのに苦労していたのだろう。これから船内では分配で揉めるかもしれねぇが、まあそっちは勝手にやってくれ。

「で、先にアンタたちを定められた倉庫に案内しておく。そこから契約で決めた量をそれぞれ積み込んでくれ。わかってると思うが、誤魔化そうとするとメールの倉庫は閉まるからな」

どっちにしろ俺との契約で縛られているので不正はできないだろうが、一応釘を刺す。

ケケンの肩に乗り移動する。見下ろされてるってのは落ちつかねぇんで、交渉する時は大体このスタイルだ。

「そこの一番入り口に近い倉庫だ」

ケケンが倉庫の扉を開けると、船長たちが倉庫に入る。

メールの倉庫は精霊が多いせいか、薄明るく風通しがいい。精霊が多いのは閉じ込める仕掛けのためかと思うと微妙な気分になるが。

「おおお……」

「本当にこの量を手に入れていたのか。いや、契約の通りであることはわかっちゃいたが……」

倉庫の小麦の量に圧倒されたのか、ぱっくりと口を開けて棒立ちになっている船長たち。

「俺んじゃねぇからな」

自分の航海に失敗した時の保険にメール小麦を手に入れたものの、船を失ったっていう男から、荷の余裕があれば運べるだけ運び出すという依頼を受けていた——そういう設定だ。

男からの報酬は、運んだメール小麦の8分の1。他の船長に提示したのはそれよりも少ない。

俺がだいぶ儲けることになるが、破格の報酬にして男のことを探られるのも困る。

飯も食って、先に光明《こうみょう》が見えたせいか、お互いに競うような気分になったのか、修理のスピードが上がった。翌日には各船が積み込みを開始する。

さっさと自分たちの縄張りに帰りたいのだろう。

海で酷い目に遭えば陸が恋しくなる、だが少しすると、海に出ずにはいられない。メールまで来るような男たちだ、俺と感覚は似ている。

「ここからさっさとおさらばしたいのは、船員たちも一緒だ。ナルアディードに着けば祝杯が待ってるしな！」

「違いない」

上機嫌な船長たち。どういう条件でメールに来たのかは知らないが、少なくとも船を手放すようなことにはならないようだ。


その後、無事出港して海峡に入った途端、内海まで一気に押し流された。……セイカイのあと押しなのだろうが、船の上で呆然《ぼうぜん》とすることとなった。

船員たちを助けてもらい、船を手放す借金の覚悟をしていたが儲けとなった。男に大きな借りができたが、返せる気がしない。

海で入り用なことがあれば、ということになるが、あの男が人の力を必要とするなんて滅多にない気がする。

――精霊は普通、名を呼ぶことで縛ることができる。だが俺は、あの男の名を呼ぶと逆に縛られそうで、呼ぶことができずにいる。

外伝2　やっぱり落ち着く地元

やってまいりました、魔の森。レッツェに聞いた薬草の生える場所、スカーという魔物が出る場所。

「これが薬草か」

赤い縁取りが特徴のこの薬草は、湿疹《しっしん》によく効くらしい。

もさもさと生えて、あっちにひとむら、こっちにひとむらと、俺の膝上まで伸びている。

「ご主人、なんかいる」

エクス棒の言葉に周囲を見回そうとしたら、びゃっと何かが飛んできた。

避けたけど。

何かが飛んできた方向を見ると、踏ん張ってこっちを見ている黒いトカゲっぽい魔物と目が合った。

「あれがスカーかな？」

飛んできたのは毒液か。

スカーらしき魔物はさっと身を翻して薬草の中に消える。

「毒液の遠距離攻撃特化なのか？」

隠れた草むらを眺めていると、今度は後ろから気配。

「うわ、結構いるのかスカー？」

たたらを踏むように避けて、ことなきを得る。

冒険者たちが日参してるって聞いたから、魔物も減ってるのかと思っていたけど、そうでもないらしい。

「ご主人、ご主人、がさがさしたい」

エクス棒がねだってくる。

「いいけど、毒液吐いてくるから気をつけろよ」

薬草の草むらにエクス棒を突っ込んで、先を左右に振ってがさがさするとスカーが飛び出す。

そして毒液はまた背後から。

「と、と」

避けている隙に、草むらにいたスカーは逃げた。

がさがさしては背後か横から毒液が来る。何度か試して確信した。

「これは2匹でセットだな」

わかってしまえば、毒液が来ることを想定して、がさがさする。避けながら、エクス棒を突き出して目の前のスカーを叩く。

「わははは！」

エクス棒はがさがさして飛び出すスカーと、それを叩くことが楽しいらしい。もぐら叩きの亜種？

がさがさしては叩いて、あらかた退治したところでゆっくりと薬草を摘むつもりが、今度は大型の魔物が寄ってきた。

そういえば、スカーの毒の臭いで寄ってくるって言ってたな。散々毒液を吐かせて、この場所は臭いが充満しているはず。

あれ？　他のスカーも寄ってくるって言ってたし、ここにいながら広範囲の魔物を殲滅《せんめつ》する羽目《はめ》になる？

もしかして毒液を避けて倒す方法は間違っていましたか？

面倒だしさっさと場所を移動しようかと思ったけど、あとから来る冒険者がここに入ったら酷いことになる。

仕方がないので、責任をとって殲滅することに。

「ご主人、いっぱい倒したな」

「うん」

スカーの毒は魔物寄せになるので、毒を吐かせる前に倒したやつは回収。毒を吐いたやつは、他の魔物が寄ってこないように燃やす。

スカーにはほとんど魔石は見つからないけど、大きい魔物の方には時々あるというので、一応そこだけ確認。素材に使えるかは聞き忘れた。ただ魔石の話だけレッツェがしてたってことは、素材としては微妙なのだろう。

『家』に帰ると、リシュが駆け寄ってきて直前で止まる。スカーの毒は受けていないと思うけど、だいぶ倒したので黒精霊の『細かいの』がたくさんついたのかもしれない。

「ごめん、リシュ。先に風呂入ってくる」

それはそれとして、外でがさがさしてきたので洗ってきます。

朝というには少し陽が高くなった昼間、ゆっくり風呂に浸かる。運動してきたあとの昼風呂は最高です。風呂の窓から入る日差しがよりいっそう清々《すがすが》しい。

エクス棒と自分を洗ったら、炭酸水を飲みながら湯船でだらだら。

エクス棒はカラスの行水。さっさと風呂から出たがったので、風呂の扉の前にいたリシュに預けた。

スカーの毒液は直接浴びたつもりはない。だけど、霧状の飛沫は服についたかも。念のためさっき着てたのは処分かな？　もったいないけど、１人の時はともかく、みんなと一緒にいる時に魔物が寄ってきたら嫌だし。

昼はなんにしようかな？　カヌムに行ったらみんないるかな？　いや、スカーの出るとこの薬草採りが追い上げなんだった。

ということは一人飯。カツ丼にでもしようか——いや、この陶然《とうぜん》とした気持ちをそのままに昼酒としゃれ込もう。実は酒の味はまだわからないけどね、気分ですよ、気分。

風呂上がり、がじがじとエクス棒を齧っていたリシュと遊び、リシュが満足したところで飯の用意をする。

日本にいた時より辛い菜の花の天ぷら、ハマグリの酒蒸し、木の芽味噌の田楽《でんがく》、昆布締《こぶじ》めにした鯛《たい》の刺身。日本酒。

うん、気分ですよ、気分。春だしね！

あとがき

こんにちは、じゃがバターです。

毎年今年は花粉が多いと聞くけれど、毎年多いならそれはすでに普通の量では？　などと思っていたら、歩道が黄色く染まるほどでびっくりしている今日この頃です。

外に出ずに小説だけ書いていたいぞ。いや、美味しいご飯も食べにいきたいし、コロナが落ち着いてきたらお出かけもしたい。ジーンのように興味のままあちこち行って、それでいて居心地のいい戻る場所があるのは幸せだな、と思いながら書いています。

山の家の畑や果樹の手入れ、リシュの散歩、島の経営（？）。原動力は居心地のいい場所を増やすこと、美味しいものを広めること。でもそこにいる馬たちが、のびのびしているならそのままにするのもまたジーンです。

今回も岩崎さまの素敵なイラストがついております。表紙の猫船長が可愛い……。

この場を借りて、手に取って読んでくださる方と、この本に関わってくださっている方々にお礼申し上げます。

まだまだ続きますので末長くお付き合いください！

ジーン「猫船長をこねたい……」
ソレイユ「キャプテン・ゴートは立派な成人男性よ」
キール「その手つきはやめろ」
アウロ「我が君、ネズミ対策にもなりますし、島に猫はいかがですか？」
ジーン「ああ、ネズミって泳ぐっていうもんな」
キール「この島にはネズミ1匹入れるつもりはない！」
ソレイユ「本当に、鉄壁の防御よね……」
ジーン「そんなに⁉」
ソレイユ「普通ならば防御に予算を割きすぎって言うところなのだけれど……」
キール「個人的な趣味だ」
アウロ「個人的な趣味ですから」
ジーン「趣味」
ソレイユ「材料費だけで、人件費も技術料もかからないのよね……」

2023年弥生吉日

じゃがバター

次世代型コンテンツポータルサイト

ツギクル https://www.tugikuru.jp/

「ツギクル」はWeb発クリエイターの活躍が珍しくなくなった流れを背景に、作家などを目指すクリエイターに最新のIT技術による環境を提供し、Web上での創作活動を支援するサービスです。

作品を投稿あるいは登録することで、アクセス数などの人気指標がランキングで表示されるほか、作品の構成要素、特徴、類似作品情報、文章の読みやすさなど、AIを活用した作品分析を行うことができます。

今後も登録作品からの書籍化を行っていく予定です。

ツギクルAI分析結果

「異世界に転移したら山の中だった。反動で強さよりも快適さを選びました。11」のジャンル構成は、ファンタジーに続いて、SF、恋愛、歴史・時代、ミステリー、ホラー、青春、現代文学の順番に要素が多い結果となりました。

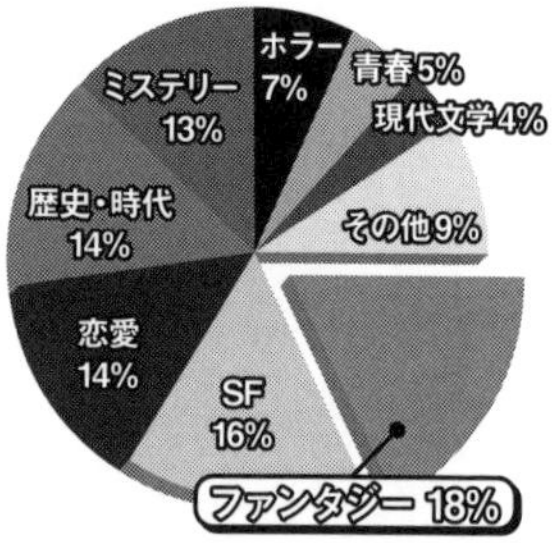

期間限定SS配信

「異世界に転移したら山の中だった。反動で強さよりも快適さを選びました。11」

右記のQRコードを読み込むと、「異世界に転移したら山の中だった。反動で強さよりも快適さを選びました。11」のスペシャルストーリーを楽しむことができます。ぜひアクセスしてください。

キャンペーン期間は2023年11月10日までとなっております。

「中の人がおじさんでも、怖かったら泣くのです！　だって3歳児なので！」

若くして一流企業の課長を務めていた主人公は、気が付くと異世界で幼児に転生していた。

しかも、この世界では転生者が嫌われ者として扱われている。

自分の素性を明かすこともできず、チート能力を誤魔化しながら生活していると、
元の世界の親友が現れて……。


愛されることに飢えていたおっさんが幼児となって異世界を楽しむ物語。

定価1,320円（本体1,200円＋税10％）　ISBN978-4-8156-2104-9

ツギクルブックス　https://books.tugikuru.jp/

絶望令嬢の華麗なる離婚
〜幼馴染の大公閣下の溺愛♡が止まらないのです〜
1〜2
著 高槻和衣《たかつきかずい》
イラスト 白谷ゆう
第二の人生……
絶対に離婚してみせます
コミカライズ好評連載中!
侯爵家に嫁いできたエリザベスは、結婚式の翌日から愛人が屋敷にやってきたり、屋敷の使用人たちから虐げられたり、最悪な状況に陥ってしまう。最後の希望は、白い結婚による婚姻解消。しかし、夫の卑劣な罠によって、それも叶わず命を落としてしまう。運命を呪いながら絶命したはずが、気づくと結婚直前の王都へ向かう馬車の中だった。やり直すチャンスを得たエリザベスは、もう二度と選択を間違えないことを誓う。目指すは円満な……円満でなくても構わないからとにかく離婚!
どん底の絶望から幸福の絶頂まで目まぐるしく変わる第二の人生の行方は!?
定価1,320円（本体1,200円＋税10%） ISBN978-4-8156-1739-4
ツギクルブックス
https://books.tugikuru.jp/

ちっちゃい俺の
巻き込まれ異世界生活
1〜3
著 ぬー
イラスト こよいみつき
2023年6月、
最新4巻発売予定！
異世界転生したら幼児になっちゃいました!?
コミカライズ企画進行中！
ちっちゃい俺でも
異世界を楽しんでいい？
巻き込まれ事故で死亡したおっさんは、幼児ケータとして異世界に転生する。聖女と一緒に降臨したということで保護されることになるが、第三王子にかけられた呪いを解くなど、幼児ながらに次々とトラブルを解決していく。
みんなに可愛がられながらも異才を発揮するケータだが、ある日、驚きの正体が判明する――
ゆるゆると自由気ままな生活を満喫する幼児の異世界ファンタジーが、今はじまる！
定価1,320円（本体1,200円＋税10%） ISBN978-4-8156-1557-4
ツギクルブックス
https://books.tugikuru.jp/

聖女フラフレは地下牢獄で長年聖なる力を搾取されてきた。しかし、長年の搾取がたたり、ついに聖なる力を失ってしまう。利用価値がないと判断されたフラフレは、民衆の罵倒を一身に受けながら国外追放を言い渡される。衰弱しきって倒れたところを救ったのは、隣国の国王だった。目を覚ましたフラフレは隣国で手厚い待遇を受けたことで、次第に聖なる力を取り戻していくのだが……。これは、どろんこまみれで農作業を楽しみながら、無自覚に国を救っていく無邪気な聖女フラフレの物語。

定価1,320円（本体1,200円＋税10%） ISBN978-4-8156-1915-2

ツギクルブックス https://books.tugikuru.jp/